RIA

eine starke Frau

Roman von Rosa Theresia Arenz

Vorwort

Ria, darf als Kind die Nachkriegszeit in Bayern ohne Hunger erleben, erzählt, wie das ländliche Leben den Einsatz der Kinderarbeit für den Unterhalt erforderte.

Wie ihr im Internat das Wünschen und Träumen durch Nonnen verboten wurde. Ein Mensch ohne Träume und Wünsche ist leer. Sie hat sich auch in die Großstadt geträumt und es dort zehn Jahre ausgehalten. Nach der Geburt ihres Sohnes konnte sie keiner mehr in den Stein- und Betonhügeln halten, sie hatte die Nase voll.

Durch einen Historiker lüftet sich das Geheimnis im Wald, das ihr keiner erzählen wollte, sie war angeblich zu klein. Sie musste feststellen, dass keiner den sie fragte, etwas Genaues darüber wusste.

Im Alter von fünfundvierzig Jahren, der Jugendwahn ist schon im Gange, fängt sie wieder zu arbeiten an. Sie erlebt einen Mobbingterror ungeahnten Ausmaßes.

Ria lässt sich das nicht gefallen, so wird das ein acht Jahre langer Krieg, der letztendlich alle befreit.

„Das Glück deines Lebens hängt von der Qualität
deiner Gedanken ab, daher wache gut über sie."

Marc Aurel

Alle Namen sind frei erfunden, Ähnlichkeiten sind rein zufällig.

Danksagung

In Liebe für Manfred, Holger,
Emilia Charlotte und Paula Marie.

Mein besonderer Dank gilt meinen Veldener Autoren Kolleginnen und Kollegen - Andrea, Christina und Dietmar.

Bibliographische Information der Deutschen
Nationalbibliothek.
Die Deutsche Nationalbibliothek verzeichnet
diese Publikation in der Deutschen National-
bibliographie;
detaillierte bibliographische Daten sind im
Internet über http://dnb.d-nb.de abrufbar.

Copyright c 2015 Rosa Theresia Arenz – Autorin
2. Auflage
Herstellung und Verlag: Books and Demand GmbH Nor-
derstedt.
Gestaltung : Dietmar Dressel
Printed in Germany
ISBN: 9783735740038

Inhalt

AZ

In Geborgenheit

„Herzlich willkommen im Leben und viel Glück auf allen Wegen!" , begrüßten Tante Thea, die Geburtshelferin, und ihre Mutter, Ria mit ihren Gewicht von vier Pfund und einer Größe, die in einen Maßkrug gepasst hätte wie ihr später immer gesagt wurde, bei ihrem ersten Schrei im kalten Dezember 1944. Die zuständige Hebamme befand sich im Nachbarhaus um dort nach zwei größeren Mädchen dem ersehnten Sohn in das Leben zu helfen. Warum wünschen sich Eltern hauptsächlich Söhne? Mädchen zählen nicht, es können bereits fünf an der Zahl in einer Familie auf der Welt sein, es kommt jedes Jahr ein Kind dazu, bis es ein Sohn ist. Bestimmt wegen der Namensvererbung.

Das Zwanzighäuser-Dorf Piesenkofen, liegt idyllisch in einem waldbegrenzten Tal. Die Salzstraße von Burghausen nach Regensburg liefert einen herrlichen Blick auf die zusammen gekauerten Häuser, die eine Wehrkirche für Übernachtungen der damaligen Säumer, die im Turmerhof ihre Pferde wechselten, beheimatet.

Eine kleine Selbstversorger Landwirtschaft an der oberbayrischen Grenze waren für Ria ein Glücksfall und Heimat zugleich. Hunger brauchte in der schwierigen Zeit nach dem Krieg keiner leiden. Ihre Mutter konnte sogar Butter und Eier an die Hamsterer aus der Stadt verkaufen, obwohl Rias Großvater sehr oft den Rahm unerlaubt mit der Kelle in der Speisekammer abschöpfte und getrunken hat. Er war sehr korpulent, große Statur, und genoss den Austrag in seiner Kammer und auf dem Balkon, von dem er alles überblicken konnte. Wegen der kleineren und größeren Diebstähle, die sich Großvater für die Versorgung seiner weiteren Kinder mit Familien in den Städten, erlaubte, war das Verhältnis zwischen Rias Mutter und ihm sehr angespannt.

Tante Thea und Onkel Günter, die in München lebten, waren oft zu Besuch um ihre Butter-, Eier- und Speckreserven aufzufüllen. Er war im Dorf der Hefekönig. Es hat sich schnell herumgesprochen, dass es wieder Hefe gab, wurde der blitzblank geputzte Opel Kapitän von einer Nachbarin gesichtet. Er kam aus Lübbenau im Spreewald, war ein richtiger Preiss, wie sie in Bayern sagten und vor allem nicht auf das Maul gefallen. Wo er die Hefe her hatte wusste keiner, aber allen Bäuerinnen, denen er das begehrte Gut zukommen ließ, brachten ihm Dampfnudel, Hefezopf, Rohrnudel, Butter, Eier, Speck und Schmalz. Die Tauschgeschäfte ließen die Familie gut leben, sogar in der Großstadt.
Wir Kinder mochten ihn sehr gerne, er hatte auch jedes Mal etwas Süßes oder Kleidungsstücke für uns dabei, wenn er uns auch oft an den Ohren lang zog.
Bei Großvater waren die beiden nicht beliebt, denn Tante Thea hatte einen ledigen Sohn von einem anderen Mann und heiratete zu allem Übel auch noch einen evangelischen Preisssn. Zu dieser Zeit für ihren Vater, der jeden Tag zwei Kilometer zu Fuß in die katholische Kirche ging, das totale Verbrechen. Die Beiden ließen sich nichts anmerken und alles lief gut weiter. Großvater beachtete sie nicht und sie ihn nicht.

Jeder Kleinbauer durfte für den Eigengebrauch im Jahr ein Schwein füttern. Zum Schlachten brauchte er jedoch einen Erlaubnisschein von der Ortsverwaltung, den er auch erhielt.

Rias Vater sagte zu seinem Nachbarn Hans: „Du i schlacht morgn, host du a Sau, de so weit is, dann langt uns oa Wisch."

„Ja, i brings da ganz früa, aber wia machmas den mit der Fleischbschau, host du do koane Bedenken?"

„Na, mir hängan oa Hälftn von dir und de andre vo mir hi, dann hot a jeder an Stempe. Nur zwoa Schwanz'l derf de Sau net hom."

„Farekt bist du scho!"

„Des anda mias ma vorramma und in de Daschn vom Bschaua steck ma a paar schene Stückl eine, dann sogt der nix. Der mog a lem."

Ria hörte das und wusste, morgen muss sie in den Wald laufen oder unter die Bettdecke kriechen, bis die Tiere tot sind. Sie konnte es beim besten Willen nicht haben, wenn Tiere um ihr Leben schreien. Anschließend beim Verwerten hatte sie gerne geholfen, sie war als kleines Kind schon dabei, um leichte Arbeiten zu verrichten. Das Schwein wurde zu Blut- und Leberwürsten, Pressack, und Fleischkonserven verwendet. Die schönsten Stücke aus Bauch,

Schlegel und Rücken kamen in die Sur, um später in die Räucherkammer zu wandern. Es war nicht ungefährlich ohne Erlaubnisschein zu schlachten, die Kontrolle kam sofort, wenn irgendwo ein Schwein schrie. Neider hatte man gleich, beim Gedanken an Schinken, Würste, Geräuchertem und Speck.

Der Wimmer Lenz hat lange Zeit im Gefängnis verbracht, weil ihn sein Nebenan verraten hatte

Ria lernte schnell, dass sie den Aushorchern in der Nachbarschaft nicht alles erzählen durfte. Auch nicht, dass von ihrem Kinderzimmerfenster ein eigenartiges Seil in den Schupfen führte und an einem Pflock, mit dem ein Sautrog seitlich hochgehoben wurde, angebunden war. In strengen Wintern suchten Fasane, Wachteln und anderes Gefieder bis in die Wagenunterstellung nach Futter. Vater zog an dem Seil und zack, unter dem Trog waren die herrlichsten Leckereien gefangen. Auch die vielen Spatzen im Hühnerstall gaben eine gute Sauce, sie war eben ein wenig aufwändiger.

Gegessen wurde damals alles. Wenn Ria fragte: „Was gibt's denn heut?", bekam sie zur Antwort: „Etwas Gutes", da waren sich die Eltern einig.

Die Familie bestand aus fünf Personen, Rias Schwester Gerda war noch klein, aber jeder wollte essen. Die Hoftiere waren vom Ordnungsamt alle gezählt und registriert, da konnte nicht einfach geschlachtet werden. Obwohl, ein altes Huhn, das keine Eier mehr legte, kam gleich in den Suppentopf. Vater hatte sich schon einiges einfallen lassen, dass es außer Mehlspeisen, Baunkerl, Rialsuppe, Maultaschen, Kartoffelschmarren und Pfannkuchen noch etwas anderes auf den Tisch kam.

Nach dem Dreschen im September bei dem alle Nachbarn zusammen halfen, erst bei dem einen Hof, dann bei dem anderen, bis alle ihre Roggen-, Weizen- und Haferkörner auf dem Speicher hatten, wurde ihr Vater nervös. Das Getreide sollte zur Mühle nach Binabiburg und die beiden Kühe, die er zum Einspannen hatte, konnten dies nicht schaffen. Der Berg von der Hochlage zur Mühle an der Bina, fiel sehr steil ab und hatte eine gefährliche Kurve. Ein großes Hindernis auf der Hin-und Heimfahrt. Rias Vater borgte sich für diese Tortur bei einem Großbauern zwei Rappen, die nur unter größter Mühe und mit Peitschenhieben dieses Stück Weg mit dem vollgeladenen Wagen von der Bina zur Hochlage schafften. Ria hat bei angemessenem Abstand für Vater und die Pferde gebibbert und gebetet, dass dies für alle gut vorübergeht. Der weitere Weg führte entspannt durch den Wald und Ria durfte auf dem Wagen sitzen. Ihr geliebter Vater hat es mit Bravour gemeistert und es konnte für das nächste Jahr wieder Brot gebacken und die Familie versorgt werden. Nur diese Prozedur wiederholte sich Jahr für Jahr, bis die Motorisierung Einzug hielt.

Großvater Xaver war von Beruf Zimmermann, hatte fünf lebende Kinder, Ludwig, Thea, Maria, Rosalia und Auguste. Mit seiner Frau Rosalia, Rias Oma, hatte er das auf einem Hügel liegende Bergmann Anwesen gekauft und bewirtschaftet, bis seine Frau im Kriegsjahr 1941 verstarb.

Es war nicht einfach in dieser Zeit, die Männer gingen ihrem Beruf nach, die Frauen hatten die vielen Kinder, die Landwirtschaft und das Vieh zu versorgen.

Landwirtschaft hieß: Kühe jeden Tag mit der Hand melken, Gras für morgens und abends heranschaffen. Die Tiere vor den Pflug spannen, Eggen genauso, säen mit der Hand, Kartoffeln legen, anhäufen, mit der Hand das Unkraut hacken, die Runkel setzen und von Unkraut frei halten. Die Kleinkinder wurden am Ackerrand abgelegt und schrien um ihr Leben. Jeden Morgen Schweine füttern. Der Ferienspaß der Landkinder war nicht Schwimmen sondern Heuwenden, Zusammenrechen und auf dem Wagen Fosten, dass auf der Heimfahrt nichts verloren ging. Als junge Frau hatte nun Rias Mama diese Aufgabe nach dem Tod ihrer Mutter.

Kurze Zeit konnte sie als Bedienung in einem Gasthaus in Gangkofen arbeiten, was ihr sehr gefiel. Sie lernte in dieser Zeit ihren späteren Mann kennen, der als Unteroffizier im Kriegseinsatz in Russland war und Heimaturlaub hatte. Sie verliebte sich sofort in ihn und irgendwie ist Ria entstanden. Die größte Sorge war, kommt der Erzeuger des Kindes lebend zurück. Vater hatte einmal in seiner Erinnerung Ria erzählt, dass sein Pferd im Schwarzen Meer ertrunken ist und er sich den ganzen Weg von Bulgarien nach Hause zu Fuß durchschlagen musste.

Er hat anschließend den Beruf Maurer gelernt, als er das Geld für den Lehrherrn zusammen hatte. Damals musste der Lehrling für die Ausbildung bezahlen.

Von den amerikanischen Besatzern merkte das kleine Dorf und ihre Einwohner wenig. Eines Tages hörten sie in der ruhigen Idylle ein bedrohliches Rollen und Grollen, das sich fürchterlich anhörte. Ria und Gerda hielten sich ängstlich an Mutters Rockzipfel fest. Sie sagte nichts, verschloss die Haustüre und huschte mit den Kindern über den Hof hinter dem Haus in den Stall, in dem drei Kühe, ein Stück Jungvieh und drei Schweine lebten. Rias Größe war etwa einen Meter hoch, denn auf den Zehenspitzen konnte sie über die Stallfensterbrüstung sehen. Der ohrenbetörende Lärm, der am Anwesen vorbeifuhr, war ein übergroßer amerikanischer Panzer. Aus der Luke erhob sich bis zur Hüfte ein schwarzhäutiger Soldat, dessen schneeweiße Zähne aufblitzten beim Kaugummikauen. Ria kam er irgendwie freundlich vor, auf keinen Fall furchteinflößend. Die Mutter war sehr erschrocken, packte die Ärmchen der Kinder und hob sie ins Heu, das über dem Stall lagerte. Sie vergrub sie in der hintersten Ecke, wie es eine Katze mit ihren Jungen tat, die nicht entdeckt werden sollten. Die Mutter versteckte sich neben ihnen. Lange verharrten sie ganz still in dem herrlichen Duft. Als sie das Versteck verließen, haftete noch lange der Geruch von getrocknetem Gras und Blumen an ihnen.

„Mama, sind die Amerikaner jetzt weg"?, fragte Ria.

„Die sind bestimmt zur geheimen Stelle im Wald gefahren und sehen nach, ob noch alles da ist", beruhigte sie ihre Mutter.

„Ach ja, das sind die großen Löcher, die wir beim Pilze suchen mit dem Großvater gesehen haben, ereifert sich Ria. Mama, was ist da eigentlich passiert?"
„Das versteht ihr noch nicht", war ihre Antwort.

Ria ist diese Stelle unheimlich, verbrannte Erde, Bäume und vier riesige Trichter im Waldboden, ein Erdhügel... Eine schauderhafte Stelle, ich bekomme das noch raus, ich frage Opa das nächste Mal.

Kindergarten gab es nicht, so waren die Kinder bei allen Haus und Feldarbeiten eingebunden.

Opa fragte Ria: „Schauen wir ob es Schwammerl gibt?

„Ja, nimmst du mich mit, ich schaue für dich unter die kleinen Fichten, ob da etwas steht, du kannst dich nicht mehr so gut bücken."

Ria war schon vier Jahre und konnte schon lange Wege laufen, es war nicht unter jeder Fichte ein Schwammerl und es dauerte oft den ganzen Vormittag, bis eine Mahlzeit zusammen war.

Sie kamen wieder an der unheimlichen Stelle vorbei und Ria fragte:

„Opa, was ist hier einmal passiert?"

Opa erklärt ihr, dass sie dazu noch zu klein wäre.

„Na, wenn das ebenso ist, aber Opa warum gibt es bei uns keine Heidelbeeren mehr?"

„Weil die Schäfer aus dem Bayer-Wald ihre Schafe über die Donau getrieben haben und sie in unseren Wäldern weiden ließen. Für die Tiere war es ein Schmankerl, die guten Stauden. Im Wald hatten sie gute Deckung und wurden nicht gesehen und über Nacht war alles weg. Auf den

Feldern und Wiesen wurden sie von den Bauern vertrieben."

Sonst führte Ria ein wunderschönes Kinderleben. Sie konnte barfuß über blühende Wiesen mit herrlichen Blumen laufen, es gab Margariten, Federnelken, Kuckucksblumen, Rotklee, Sauerampfer, Löwenzahn, Gänseblümchen, wilde Möhre, Wiesenthymian zum Kränze binden, Kamille und Glockenblumen, die die Kinder mit schlechtem Gewissen pflückten, es sollten dann schwere Gewitter kommen, wurde ihnen gesagt. Ria hat mit ihrer Schwester und ihren Cousinen aus der Stadt Mooshäuser gebaut, in denen sie spielen konnten und wohnen. Sie haben Doktor gespielt, tote Mäuse operiert, Mutter die ersten Möhren, Kohlrabi und Tomaten aus dem Garten geklaut. Sie sind auf Kirschbäume geklettert und haben sich so voll gegessen, bis der Magen nichts mehr aufnehmen konnte. Keiner stand neben ihnen und drohte mit dem Finger, das dürft ihr nicht!

An den Sonntagen spielte Ria mit Johanna, dem Sepp, Albert, Franzi und wer noch da war, Räuber und Schandi in den Feldern. Um fünfzehn Uhr gab es bei Johannas Eltern Brotzeit, immer feinste Leberwurst, die so traumhaft roch, dass sie froh war, wenn sie einen kleinen Streifen Brot mit der Köstlichkeit abbekam. Zu Hause gab es nur selbstgemachte Würste, die konnten mit den Metzgerwürsten nicht mithalten, oder Schwarzwurst vom Metzger, die war am billigsten.

Einmal hatte Ria beim Nachbarn einen Pfirsich geklaut, ein einziges Exemplar hing an dem Spalierbaum wie eine gelbrotbackige Weihnachtskugel, sie hüpfte hoch, konnte ihn erwischen und schon war er verschlungen. So ein Genuss, diesen Geschmack kannte sie noch nicht. Es schmeckte nicht nach Birne und nicht nach Apfel, er war besonders fein.

Das blieb nicht unbeobachtet. Die Lehnermutter, die genauso auf die Reife dieser einen Frucht gewartet hat, sah ihn jetzt weg geschnappt, so schrie sie wütend und mit erhobenem Zeigefinger: „Das musst du aber beichten!"

Ria war noch nicht in der Schule und wusste von einer Beichte nichts, hat jedoch in dieser Bedrängnis die Zusage vorsichtshalber gegeben. Bei diesen älteren Leuten, deren Grundstück von Kindern nicht betreten werden sollte, stand ein wunderbarer Kirschbaum mit einer Holztriste darunter. Erst wurde ausgepeilt, ob der Lehnervater sich in seiner Werkstatt befand. Er war auch Zimmermann und der Bruder von Rias Opa. Seine Statur ähnelte dem Bergmann Opa sehr, er hatte nur eine breitere Nase. Oft saß er da und wartete mit einer Peitsche, ob sich Kinder dem Kirschbaum näherten, auf die Triste kletterten und nach den süßen Kirschen griffen, in diesem Moment rannte er heraus und schnalze die Peitsche um deren Waden, das sie nur so schrien. Den Staren und Vögeln gönnte er die Kirschen, den Kindern nicht.

Großvater war genauso aggressiv wie sein Bruder Peter. Einmal stand Ria mit ihrer Mutter am Herd um zu kochen, es gab wieder Streit zwischen den beiden, dann zog Großvater ein Messer aus dem Hosensack und zischte ihrer Mutter ins Ohr: „Ich steche dich ab!" und fuchtelte mit dem Gegenstand durch die Luft.

„Dann stich doch zu!!!", schrie die Mutter und verunsicherte ihn offensichtlich. Er ließ von ihr ab, doch der Hass wurde immer größer.

Ria und Schwester mussten ihm das Bett machen und die Fußnägel schneiden, obwohl er ihnen nie etwas von seinen Leckereien aus dem Metzgerladen abgab, trotz der schmachtenden Kinderaugen und der triefenden Mäuler, die neben ihm saßen.

Rias Mutter tat nichts mehr für ihn.

Mit fünfeinhalb Jahren bekam sie von der Näherin im Dorf aus Stoffteilen von Mutters aussortierten Arbeitsschürzen, das Rückenteil war weniger verschlissen, zwei Schulschürzen geschneidert. Ohne die heiß begehrten Rüschen, denn so viel Stoff stand nicht zur Verfügung. Ria war mächtig stolz, dass sie mit dem schweren Ranzen die zwei Kilometer Schulweg schon mitlaufen konnte. Bei sieben Kindern kam meistens Unterhaltung auf und war lustig.

Die Zwergschule in Egglkofen besuchten die Kinder von der ersten bis zur achten Klasse. Diese wurde von drei Armen Schulschwestern und Herrn Lehrer Seifert geleitet. Eine Nonne für das Schulwesen, eine für die Handarbeit und das Küchenfeferl, wie sie genannt wurde. Sie kochte wunderbar, der Küchenduft zog durch die Schule und machte alle hungrig. Zu essen gab es das für die Kinder nicht, sie mussten zu Hause ihren Hunger stillen.

Für die Schüler, aus den eingemeindeten Dörfern und Weilern, gab es vom Metzger eine Scheibe Leberkäs für fünfzig Pfennig und eine Brezel vom Bäcker für fünf

Pfennig.

Ria war eine mittelmäßige Schülerin, Durchschnittsnote drei, wie man aus den Zeugnissen sehen konnte.

Für sie gab es nicht das Gebot: „Butter und Eier bringen Einser und Zweier." Ihre Mutter musste sie verkaufen, das konnten sich nur reiche Bauern leisten.

Sie hatte sich oft zu wehren gegen die Größeren. Das Gerangel über die Treppe in die Pause war so schlimm, dass die Kleinen fast untergingen. Einmal wurde es Ria zu viel und sie fegte einer größeren Mitschülerin, die ihr des Öfteren einen Schubs auf der Treppe gab, eine Ohrfeige, dass sie im Schulhof von der einen Ecke in die andere Ecke flog. Dann war Ruhe. Zum Leid der Lehrer war Ria auch sehr lebhaft, die Aufmerksamkeit ließ oft zu wünschen übrig, wie es für die Eltern zu lesen war. Lehrer Seifert, der ab der vierten bis zu achten Klasse verantwortlich war, ließ sie sogar einmal Holzscheit knien, um die Unaufmerksamkeit zu beugen. Ria hatte einen Fensterplatz und auf der Straße passierte so viel. Da der Franzl, ein Wirtssohn, sowieso immer die Brezeln zählen durfte und Ria die Arbeitertochter nicht, beschäftigte sie sich mit etwas anderem.

Welche Strafen sie alle von Schwester Lewarda erhielten, als Ulla im hohen, schwarzen Schulzimmer-Ofen zur Sommerzeit einen Wecker rappeln ließ, um das Aus der Schulstunde anzukündigen, hat Ria vergessen.

Die kirchlichen Dogmen beherrschten das Alltagsleben, besonders bei Herrn Geistlichen Rat Groll. Um sieben Uhr morgens, es war noch stockfinster im Winter, begann das

Engelamt, das die Schüler vor dem Unterricht zu besuchen hatten. Bei jedem Wetter, es konnte Eis, Schneetreiben, - Verwehungen und Kälte sein, es gab keine Entschuldigung. Und das mit den dünnen Mänteln und leichten Skischuhen im Winter, die Tante Thea von ihrem Sohn Sigi an Rias Mutter vererbt hatte.

Als Kind wurde man vom Eis angezogen. Im Schlosspark, der auf dem Heimweg lag, durch den der Tegernbach floss und von einem Englischen Gärtner angelegt war, gab es im Winter bis zu 30 cm dickes Eis. Es wurde in ein Meter lange Stangen geschnitten und in den Schlossbräukeller zum Bier kühlen gebracht. Auch die vereisten Wasserpfützen auf der Straße zogen magisch an. Hin und wieder ist beim Rutschen, einer eingebrochen und konnte dann den ganzen Weg mit nassen Füßen und Schuhen nach Hause latschen, bei Frost und Kälte. Da hätte Ria ihren sonst so schönen Heimatort zum Mond schießen können.

Für besondere Auftritte und für Sonntag bekamen wir beim Brandl in Vilsbiburg ein langlebiges Bleyle-Kleid gekauft. Gerda ein schönes rotkariertes, Ria ein graukariertes, mit Glockenrock.

Nach der Schule stand das Essen im Ofenrohr, um es warmzuhalten. Schnell wurden die Hausaufgaben auf dem Küchentisch gemacht, der hoffentlich keinen Fettfleck hatte, anschließend ging es auf das Feld, um mitzuarbeiten. Kartoffel und Rüben hacken, Heuwenden oder was gerade anfiel. Wollten wir zum Sonntagsbraten einen Feldsalat, wurde dieser im Kornfeld gesammelt. Auch Diestel stechen war Kinderaufgabe.

Die Waschküche, die frei zugängig war und vor dem Schuppen lag, war auch Badezimmer. Am Samstag wurde der Wasserkessel eingeheizt, der das heiße Wasser zum Waschen für die Wäsche und für die Badewanne lieferte.

Die Wanne, in der auch die Wäsche eingeweicht, gewaschen, gerubbelt und mit einer Glocke gestampft wurde, diente auch zum Baden. Das erste Wasser war für die Kinder, dann der Vater oder die Eltern, wann der Großvater gebadet hat, weiß Ria nicht mehr.

Darin befand sich auch der große Kartoffeldämpfer für das Schweinefutter. Jeden zweiten Tag wurde gedämpft für Tier und Mensch.

Daraus wurden die gekochten Kartoffeln für die einfachen Gerichte wie Baunkerl, Kartoffelschmarren, Bratkartoffel, die Ria schon mit acht Jahren beherrschte genommen.

Pfannkuchen von ihr wurden sehr gelobt.

Wenn es um das Spülen und Geschirrabtrocknen ging, wurde mächtig hinausgezögert, bis ihre Mutter wieder den Slogan sang: „Viele Hände bereiten ein baldiges Ende."

Ria brauchte schöne Musik und drehte das Radio sehr laut auf beim Geschirrtrocknen und hat dabei das Tanzen geübt.

Vater erleichterte seiner Frau und den Kindern die Arbeit so gut er konnte.

Die unbeliebteste Arbeit war das Buttern, das ewige Drehen mit dem Schwengel konnte sehr anstrengend sein. Als Strom im Haus war und es ein Butterfass mit Motor gab, besorgte er sofort eins, auch eine Zentrifuge, die den Rahm von der Milch trennte und nach dem gleichen Prinzip verlief.

Das Melken lernte Ria schnell, um bei einem Krankenhausaufenthalt ihrer Mutter einspringen zu können. Sie konnte beweisen, dass die Nachbarin für diese Tätigkeit nicht gebraucht wurde. Die sah nur nach, ob alles in Ordnung war und wir Kinder die Schule besuchten.

Auch bei der Ernte waren Ria und ihre Schwester schon große Hilfen. Sie konnten Garben binden und aufstellen und bei der Heimfahrt richtig auf den Wagen legen, dass nichts verrutschte und umkippte. Jeder half so gut er konnte.

Ein Feld lag einen Kilometer weit weg vom Haus und Ria trottete mit ihrer Mutter neben dem Kuhgespann her, plötzlich schrie die Mutter:

„Schnell, schnell unter den Wagen und versteck dich!!!"
Ria ist so erschrocken und fing an zu weinen, Mutter packte sie, riss sie ins Versteck und sie verharrten darunter, bis die Tiefflieger, die einige Kugeln auf sie abgaben wieder weg waren.

„Gott sei Dank, sie haben unsere Kühe am Leben gelassen!", war der erste Kommentar der Mutter, erst dann fragte sie Ria, ob ihr etwas passiert sei. ‚Sind denn die Kühe wichtiger als ich', denkt sich Ria. Gleich ging es weiter, um die Arbeit zu erledigen. Es könnten bald wieder Tiefflieger kommen.

Ria war so stolz auf das Gefühl, du kannst dich selbst versorgen und bist geborgen.

Die frühe Einschulung mit fünfeinhalb Jahren wird Ria bei der Schulentlassung zum Händikäp.

Für einen Lehrberuf, den sie sich unbedingt in den Kopf gesetzt hatte, ist sie zu jung. Mit dreizehn Jahren wird sie nirgends angenommen. Das Arbeitsamt Mühldorf vermittelt sie an eine Haushaltungsschule der Englischen Fräulein in Wurmannsquick, die von zwei Nonnen, der Oberin Bernadette und Mater Rosaria, sowie einer Hauswirtschafterin geleitet wurde. Ria sowie zweiundzwanzig andere Mädchen aus Ober- und Niederbayern wurden aus ihrer heimatlichen und elterlichen Vertrautheit gerissen und in diesem Internat zusammengeführt. Am Anfang gab es große Heimwehdramen, keines der Mädchen war bis dahin drei Monate von zu Hause fort, und alle wussten, die nächsten Ferien gab es erst zu Weihnachten.

Ria lebte sich schnell ein und hat sich mit Ella angefreundet, die ihr leid tat, sie hatte am meisten mit dem Heimweh zu kämpfen. Ria absolvierte das Jahr als Musterschülerin. Zum Muttertag malte sie eine Rose mit Kreide auf die Tafel, die künstlerisch so vorzüglich war, dass sie nicht mehr gelöscht werden durfte. Aufgrund dieses Kunstwerkes sollte sie eine Lehre als Graphikerin in München antreten, nur keiner wollte die Bleibe und Verantwortung für ein so junges Mädchen, alleine in München, übernehmen. Das gleiche spielte sich für eine Photographenlehre in Eggenfelden ab. Ria konnte in beiden Fällen ihr Elternhaus nicht täglich erreichen. Für Zimmer und Unterhalt fehlte ihr und den Eltern das Geld.

Ria kam wieder nach Hause und merkte, dass die Spannung größer wurde. Mutter weinte des öfter. Sie wollte die Landwirtschaft nicht mehr weiterführen, sondern in die nahegelegene Küchenfabrik gehen. Alles Geld, das sie sich in der Landwirtschaft erwirtschaftet hatte, ging für den Maschinenkauf zur Arbeitserleichterung in der Landwirtschaft auf. Vater kaufte sich sogar ein Goggomobil und das Konto war wieder leergeräumt. Sie wollte das erarbeitete Geld für sich haben und auch einmal Rente beziehen.

Vom Arbeitsamt Mühldorf erhielt Ria wieder eine Zuweisung für eine Lehre als Verkäuferin in einem kleinen Laden der Kleinstadt Neumarkt St. Veit. Sie war nicht glücklich, es wäre jedoch eine Lehrstelle gewesen. Bei einem Ferienbesuch in München fragte ihre Tante Marie, während sie ihr von der Stelle als Verkäuferin erzählte: „Ich dachte du wolltest Sekretärin werden?"

„Ja, wollte ich auch, aber es ist nicht so einfach", gab Ria zu.

„Dann gehst du sofort vom Bahnhof aus, wenn du in Neumarkt umsteigst dort hin und fragst, ob du auch Büroarbeit machen darfst", sagte ihre Tante Marie mit Nachdruck. „Du kannst doch nicht etwas lernen, was du nicht willst!"

Ria ging auf der Heimfahrt in diesen Laden und fragte: „Sie haben meine Bewerbung vorliegen, darf ich bei Ihnen auch Büroarbeit lernen?"

„Nein, sagte die freundliche Dame zu ihr, das macht unsere Chefin alleine."

„Dann geben sie mir bitte meine Unterlagen wieder, ich

sehe mich um etwas anderes um", sagte sie selbstbewusst. Ihr wurden die am Küchenschrankfenster eingeklemmten Unterlagen ausgehändigt und sie verließ den Laden. Zerknirscht ging sie zum Bahnhof. Wie sollte sie das jetzt dem Vater beibringen, der mit dieser Lehrstelle gerechnet hatte. Rias Vater war Maurer und war in Vilsbiburg bei Herrn Mayerhofer das Bad am fliesen.

„Paps, ich habe keine Lehrstelle mehr", berichtete Ria ihm zerknirscht und erzählte, wie es gekommen ist.
Herr Mayerhofer rief sofort seine Frau Margarete: „Du gehst jetzt mit dem Mädchen zu meinem Jagdfreund und siehst zu, dass sie eine Lehrstelle findet!"
Sie nahm Ria an der Hand und sie zogen los. Beim Jagdfreund Dr. Brandl wurde nur alle zwei Jahre ein Lehrmädchen eingestellt und sie musste eine Handelsschule oder Mittelschule absolviert haben. Maritta, die vor einem Jahr eingestellt wurde, hatte diese Voraussetzungen.

„Lasst mir die Unterlagen da, ich werde sehen, was sich machen lässt." Herr Dr. Brandl war sehr freundlich zu Ria und meinte, sie soll eine Woche später rückfragen. Frau Mayerhofer und Ria gaben nicht auf und fragten noch bei anderen Firmen nach, fanden jedoch keinen weiteren Ausbildungsplatz.

An einem herrlichen Sommertag eine Woche später, radelte Ria zwölf Kilometer nach Vilsbiburg um hoffnungsvoll nach dieser Lehrstelle, die sie sich so wünschte zu fragen. Die zerzausten Haare wurden gekämmt und in der

Schaufensterscheibe, die als Spiegel dienen musste, nachgesehen, ob alles gut sitzt. Sie nahm sich allen Mut zusammen, betrat das Modegeschäft und fragte nach Herrn
Dr. Brandl. Der große, stattliche und gut aussehende Herr
begrüßte Ria wie eine junge Dame.

„Ich habe mir die Unterlagen angesehen und mich mit
Frau Marille, die Gattin von Herrn Anton Brandl beraten,
die auch in unserem Geschäft tätig ist. Beide fanden wir
deine Bewerbung gut und stellen dich ein."

Ria hüpfte das Herz bis zum Hals und sie freute sich so
sehr, dass sie die ganze Welt umarmen hätte können.

„Also am ersten September bist du zur Stelle!", wurde sie
freundlich von Herrn Brandl verabschiedet.

Glücklich radelte sie wieder nach Hause und wünschte sich
nur noch, dass jetzt ein amerikanischer Cadillac mit einem
Prinzen darin neben ihr halten würde. Es dauerte keine
halbe Stunde und es hielt wirklich ein Cadillac neben ihr,
das Verdeck offen und der stolze Besitzer lud sie zu einer
Fahrt ein. Es war so unheimlich, dass sie den Mund nicht
mehr zu brachte. „Was soll ich denn mit dem Fahrrad
machen?", sagte sie ganz verlegen, und blickte zu Boden.

„Das stellst du da hinten an den Baum, ich bringe dich
wieder hierher", forderte er sie liebenswert auf.

Er stellte sich als Harry vor und bei der Betrachtung
merkte sie, dass sie die Schönheit des Prinzen bei der Bestellung vergessen hatte. Er war zu alt und hatte eine viel
zu große Nase. An das Alter und die Schönheit des Prinzen
hatte sie gar nicht gedacht, die unkorrekte Bestellung wurde ihr vorgeführt. Nein der gefiel ihr nicht. Kinder mit so

einer großen Nase...

Sie gefiel ihm sogar sehr gut, deshalb war er sehr hartnäckig und kapierte Monate lang nicht, dass sie mit ihm weder eine Beziehung und schon gar nicht mit nach Amerika gehen wollte.
‚Ich bin doch keine Kriegsbeute‘, dachte sie.

Ria vertiefte sich auf ihre Aufgaben als Lehrling und war mit Liebe dabei. Mit Stolz durfte sie in den Chefbüros Staub wischen, Post holen und bringen, Ablage gründlich lernen und allen zur Hand gehen. Einmal am Tag wurde sie in den Laden von Frau Knaus im Nebengebäude um Magenbitter geschickt. Nach einem Jahr wusste sie warum, Herr Brandl hatte Krebs und ist kurz darauf gestorben. Für sie eine herbe Erfahrung.

Er wurde erst von einem Geschäftsführer, Herrn Nebel, der Ria überhaupt nicht mochte, vertreten. Sie machte Bekanntschaft mit dem ersten Mobbing. Eine Kollegin, Brita Grabe, die aus dem Verkauf ins Büro wechseln wollte, um die Aufgaben von Ria zu übernehmen, sah ihre Chance bei diesem Herrn.
Während einer Mittagspause, reinigte Ria ihre Nägel, dabei wurde sie von Herrn Nebel überrascht und er meinte hämisch: „Wenn man denkt man ist alleine, macht man sich die Nägel reine."
Für Herrn Nebel, der kein Fachmann war, dauerte dieser Auftrag nicht lange, er wurde entlassen. Gott sei Dank! Herr Anton Brandl übernahm die Geschäfte selbst. Er war

ein sehr sportlicher, freundlicher und gerechter Chef. Ria befand sich jetzt im zweiten Lehrjahr und durfte mit den Tageseinnahme zur Bank gehen und diese einzahlen. Welches Vertrauen, eine Aufgabe, die sie sehr selbstbewusst machte.

Bei den Vorbereitungen für einen Sommerschlussverkauf durfte Ria mit Herrn Anton Brandl zusammmen arbeiten. Er zeigte ihr die Schönschrift für die Preisschilder und sie war mit großem Eifer dabei.

„Ja Mädchen, kannst du gut arbeiten und schnell!", rief er auf einmal aus und war voll begeistert.

Der Chef hatte ihre Fähigkeiten erkannt, welche Freude.

Die Kaufmännische Berufsschule, die sie besuchen durfte, war in Landshut in der Luitpoldstraße. Ein sehr großes neugebautes, modernes Gebäude. Ria hatte einen Fensterplatz mit Sicht zur Burg Trausnitz. Eine Residenz der Wittelsbacher Herzöge, diese übte auf König Ludwig den II. eine besondere Faszination aus. Nach einem Kurzbesuch im August 1869 ordnete der König an, im zweiten Stock des sogenannten Fürstenhauses ein „Absteigequartier" für ihn einzurichten. Dieses durfte Ria bei einem Schulausflug besichtigen und war begeistert. Sie hatte von ihrem Platz einen herrlichen Blick zu der prunkvoll ausgestatteten Burg. Eines Tages 1961, sie traute ihren Augen nicht, kam Qualm aus den Fenstern im zweiten Stock. Durch einen Tauchsieder, den angeblich eine Putzfrau nicht ausgeschaltet hat, wurden elf Räume, darunter das eindrucksvolle Schlafgemach, die Wohnräume und der Rittersaal vernichtet. Ein trauriger Tag, es war - als wäre ein guter

Freund gestorben.

Ria dachte oft an Ella, nur durften im Geschäft keine privaten Telefonate geführt werden und für die Fahrkarten fehlte beiden das Geld. Der Tarif für Einzelhandels-Lehrlinge sah im ersten Lehrjahr DM 55,00, im zweiten DM 65,00 und im dritten DM 85,00 vor. Davon wurden die Bahnkarten für Schule und Geschäft bezahlt sowie die Kleidung.
Ria durfte im dritten Lehrjahr den Wareneingang und die Auszeichnung mit dem Juniorchef erledigen. Das war sehr verführerisch, alles was ihr besonders gefiel, ging durch ihre Hände und sie reservierte es gleich für sich. Sie hatte nur Markenklamotten zum Anziehen, alles passte und war farblich abgestimmt.
Das Konto von Ria führte allerdings oft Lücken auf.

Nach der Lehre wollte Ria endlich Ella wieder einmal sehen und nahm im Juli Urlaub, um sie zu besuchen. Sie erhielt jedoch von Ella eine Ansichtskarte aus Aachen, dass sie gerade bei einer Tante zu Besuch sei. Das störte nicht weiter, Ria beschloss Ella im September zu besuchen.

Erinnerungen an Niederbayern

Im Abteil des Pfeiferlzuges von Neumarkt St. Veit nach Passau war das Publikum hochnäsig und eingebildet, während Ria einen Sitzplatz suchte, keiner mochte, dass sich eine junge Göre zu ihnen setzte. Ria fragte höflich: "Ist hier noch frei?"

"Na da sitzt mein Mann!", meckerte die kleine dicke Frau barsch zu ihr, die sie gar nicht ansah und am Gepäck auf den anderen freien Plätzen fummelte. Wir wollen unter uns sein, gab sie ihr mit dieser Geste zu verstehen.

„Danke!", sagte Ria höflich und suchte weiter.

Die Leute kamen aus der Hauptstadt München und waren Kurgäste von Bad Birnbach. Der Kleidung nach waren sie neureich und hatten mit ihrem Fahrschein gleich den ganzen Zug gekauft, so schien es jedenfalls.
Pfeiferlzug hieß das dampfende Ungetüm im Volksmund deshalb, er musste an jedem Bahnübergang ein Pfeiffsignal geben, um die Bauern zu warnen, die auf ihre dahinterliegenden Felder wollten. Während Ria ihre Platzsuche fortsetzte, gab es einen fürchterlichen Ruck, dass sie durch das ganze Abteil geschleudert wurde. Ein Bauer hatte mit seinem Erntewagen die Bahnstrecke überquert, der Zug erfasste gerade noch die hintere Ecke des Wagens und warf ihn um. Stroh flog durch die Luft, im ersten Moment konnte man gar nicht sehen, was sich ereignet hatte. Alle Passagiere rissen die Arme hoch und versuchten ans

Fenster zu kommen, um die Neugier zu stillen.

„Heiland, was ist denn da passiert", rief die kleine dicke Frau zu ihrem Mann, der schon bis zur Hüfte aus dem Fenster hing.

„Ja mei, do is hoit a so a Depp nimma übers Gleis kema!", schreit er zu seiner Frau und holte sich die Strohhalme von seiner Glatze und aus dem Gesicht, während er sein Haupt wieder hereinzog.

„Vui is net passiert, da Zug hot hoit den Wogn umgworfen", war sein weiterer Kommentar.

Schnell ging es wieder weiter und die Wartezeit hatte es Ria ermöglicht, einen Fensterplatz im letzten Abteil zu ergattern. Sie betrachtete die sanfte hügelige Landschaft an der natürlich schlängelnden Rott, deren Ufer mit Erlen und Weiden gesäumt waren. Im Tal und an den Hängen, lagen die großen protzigen Bauernhöfe der Rottaler. Es ist ein stolzes, stämmiges, mittelgroßes Rossbauernvolk. Den Rottaler erkannte man sofort an seinen Talern am Gewand. Das Pferdestandbild auf dem Stadtplatz von Pfarrkirchen und die sich im Sand wälzende Stute in Pocking zeugten vom Reichtum der Bauern.

Das Stahlungetüm stampfte auf Pfarrkirchen zu. Gartlberg, der herrliche Wallfahrtsort mit den zwei Türmen, zeigte sich schon. Von der Stadt aus windet sich ein steiler Kreuzweg zur Kirche empor, die eine sehr schöne Nachbildung eines Christusgrabes besitzt. Zwängt man sich durch die kleine Öffnung, um dort zu beten, erhält jeder Besucher den absoluten Ablass, wurde den Leuten erzählt.

Hier war die vorletzte Station für Ria, und bald erblickte

man die Alleestraße nach Anzenkirchen, eine der ganz wenigen noch so in Bayern erhaltenen Alleen, die allerdings nur mit dem Fuhrwerk zu ihrem Zielort führte. Eindrucksvoll stellte sich der rote Backsteinbau des Bahnhofs mit seinen hohen, weiß gestrichenen, zweiflügeligen Fenstern vor.

Auf weißem Grund stand mit schwarzer Schrift "Anzenkirchen."

Ella, die Tochter des Bahnhofvorstehers, langes schwarzes Haar, mit einem Madonnengesicht und gertenschlanker Figur, wartete auf dem Bahnsteig. Sie hüpfte und sprang auf Ria zu, sofort lagen sie sich in den Armen.

"Ach ist das schön, dass du mich besuchen kommst"- flüsterte sie ihr ins Ohr.

Sie betrachteten sich gegenseitig und stellten fest, dass sie sich in den vergangenen drei Jahren, in denen sie sich nicht gesehen haben, zu richtigen Teenagern entwickelten. Ella, die Zurückhaltende, hatte in der Zwischenzeit den Beruf der Verkäuferin und Ria, die Lebhafte, Bürokauffrau gelernt. Sie hatten sich sehr viel zu erzählen und schwelgten in Erinnerungen:

"Weißt du noch, wie wir uns beäugt hatten, als eine nach der anderen mit ihrem kümmerlichen Koffer, gefüllt mit Kleidung, Bettwäsche, Essbesteck und Bestecktasche eingetrudelt waren, hinter die hohen Mauern des Institutes, das von zwei Englischen Fräulein, Mater Oberin und Mater Rosaria geleitet wurde", fragt Ria Ella.

Die Haushaltsschule, ein alter Herrschaftsbau mit imposanten Eingang. Rechts ein langgezogener Anbau, der oben die Schlafsäle und unten Waschräume, Toiletten und den Spind-Raum beherbergte. Das Haupthaus hatte schöne, hohe große Räume, so dass Schulraum und Essraum in einer Flucht mit riesigen Fenstern zum Garten bestand, der an einer fünf Meter hohen Mauer endete. Jede der dreiundzwanzig Mädchen bekam seinen Schulplatz und ein Bett zugeteilt, das gleich bezogen werden musste, um abends darin schlafen zu können.

"Es waren zwei Schlafsäle", erinnert Ella und blickt zu den vorbeiziehenden Wolken hinauf. „Für mich war das so entsetzlich und gewöhnungsbedürftig, am Anfang konnte ich es kaum ertragen", setzte sie hinzu.

"Ja, Du wurdest im äußeren kleinen und ich im inneren großen, mit zwanzig Betten, untergebracht."

„Als ich am ersten Abend im Bett lag und die Regeln noch nicht kannte, ging ich gleich dem Weinen nach und fand dich, vor Heimweh aufgelöst unter deiner Bettdecke und wollte dich trösten. Gut, dass Mater Rosaria, die Nacht-wächterin, noch im großen Schlafsaal vor meinem Bett fragte, "wo ist Ria?", so konnte ich noch schnell unter deine Schlummerkiste kriechen und mich verstecken. Sie kam dann um die Ecke gerauscht, mit ihrem langen Kleid, an dein Bett und stand bedrohlich nahe mit ihren Schuhen, fast auf meinen Fingern. Mich hatte nur gewundert, dass sie kein Wort des Trostes für dich hatte. Sie hatte gar nichts gesagt und ließ dich einfach weinen."

„Rita, die deine Situation erkannte, sagte in die Dunkelheit - "Die wird runter auf die Toilette gegangen sein!" Sofort hüpften zwei andere Mädchen die Treppe hinunter und als diese wieder hoch trotteten, konntest du dich aus deinem Gefängnis befreien, denn Mater Rosaria ging zum Treppenansatz und wollte sehen, wer noch unterwegs war, so konntest du hinter ihr vorbei und in dein Bett huschen. "Gott sei Dank, die Situation war gerettet und wie durch Zauberhand lag Ria wieder in ihrem Bett. Also durfte keine zur anderen ans Bett gehen, alle hatten es begriffen, da wäre schon am ersten Tag eine Strafe fällig gewesen."

"Bald bekamen wir unsere Einheitskleidung. In die Kirche hatten wir in Zweier Reihen mit unseren selbstgenähten grünweißen Dirndlkleidern zu gehen", erinnert Ella.

„Ja, sie waren sehr hübsch, die Mädchen darin auch, das zog bald die Burschen auf den Plan."

"Es flogen nachts Steinchen an die Schlafsaalfenster und alle mussten im Abstellraum auf einem Eimer die kleinen Geschäfte machen. Für uns war das lustig, aber was sich die Schwester ausgedacht hatte, wussten wir zu diesem Zeitpunkt noch nicht."

Ella erinnerte Ria daran, "Weißt du noch, wie wir vor den Katalogen von Neckermann und Quelle geträumt haben? Du hast dann auch noch bei den besonders schönen Artikeln gesagt, all das kaufe ich mir einmal, einen Musikschrank und in mein Zimmer schöne Vorhänge und die oder jene Vase." Mater Oberin hatte das gar nicht gefallen und rief Ria in ihr Büro, um ihr wütend mit erhobenem Zeigefinger einzubläuen:

"Wenn du weiterhin so angibst, dann werfe ich dich von der Schule!" - brüllte sie.

Uns wurde von den Nonnen das Träumen verboten, dann hatten wir eben im Stillen weitergeträumt. Was sollten wir denn auch tun, es gab keine Bücher, außer Schulbücher und nur lernen und handarbeiten konnten wir doch auch nicht. Wir haben dann immer etwas anderes ausgeheckt.

Das Putzen und Kochen hatten sie uns von der Pike auf gelernt, dazu war die Hauswirtschafterin da. Hat ein Mädchen auf den Schränken das Saubermachen begonnen, und nicht auf dem Lampenschirm, dann wurde "Sau" darauf geschrieben. Bei Spind- oder Nachtkästchenkontrolle brauchte nur das Geringste nicht in Ordnung sein, schon lag alles auf dem Boden zum Neueinräumen.

"Einmal mussten wir doch zu fünf oder sechs Mädchen eine lange Strafe schreiben was hatten wir denn da angestellt?" fragte Ella.
"Das war doch, als wir unsere Gerti erschrecken wollten, ereifert sich Ria. Wir haben uns in unserem Spind versteckt und eine von uns ging Gerti, die Schreckhafte, im Garten holen. Als Klopfzeichen hatten wir ausgemacht, einmal klopfen still halten, zweimal klopfen heraushüpfen. Nur statt Gerti kam unsere Mater Oberin und Zeichenge-

berin Rita klopfte vor Schreck zweimal und alle sprangen mit großem Geschrei aus ihren Schränken auf die Oberin. Fast hätten wir ihr den Habit heruntergerisssen.

Der Schrecken war nun auf unserer Seite.

Aber eine Gaudi war es doch, auch wenn die Strafe auf dem Fuß folgte, zehn Seiten: „Wie habe ich mich zu benehmen". „Für mich war das Spaß pur", lachte Ria.

„Die Jungs wurden immer dreister, Mater Rosaria kletterte in der Nacht öfter auf dem abgesenkten Schulsaaldach herum, um nachzusehen, ob sich nicht einer der Jungs versteckt hielt, oder ob wir das Fenster öffnen würden, wenn wir etwas hörten. Es könnte auch eine Probe gewesen sein", sagte Ella.

„Weißt du noch den Abend, als die Burschen im nahegelegenen Wirtshaus getrunken hatten und besonders mutig waren, bildeten sie vor dem Fenster zum kleinen Schlafsaal eine Leiter, so hoch, dass sie ins Zimmer sehen konnten. Mater Rosaria wusste sich nicht anders zu helfen, öffnete das Fenster und schüttete unsere kleinen Geschäfte über die lustige Burschenleiter. Die Überraschung war so groß, dass der oberste gleich abstürzte und alles zu einem Männerknäuel zusammenbrach. Die begossenen Pudel gingen aber nicht nach Hause, sondern in das Wirtshaus zurück und tranken weiter. Das Getratsche war überschäumend, denn die Herren haben erst später gemerkt, dass sie auch gestunken haben", Ria musste schallend lachen.

„Damals konnten wir das nicht so lustig finden", meinte Ella, wir stimmten beide das Lied an und sangen: "Oh wie ist das Leben sauer, hinter dieser Klostermauer, oh, wie ist das Leben süß, wenn man wieder draußen ist."

„Aber jetzt unterhalten wir uns über etwas anderes, wie ist es dir in der Lehre ergangen?"
„Ach ganz gut, ich bin froh, dass ich sie hinter mir habe, sehr schön war sie nicht."
„Ich habe von dir gar nichts mehr gehört, Ella, außer dass du in Pfarrkirchen gelernt hast. Meine Firma in Vilsbiburg, bei der ich mich beworben hatte, wollte ursprünglich keinen Lehrling einstellen. Es kann aber auch sein, dass mir ein Schutzengel geholfen hat. Mein Chef, der mich wegen der guten Zeugnisse eingestellt hat, war zum damaligen Zeitpunkt schon krank und starb auch nach einem Jahr. Sein Bruder, und dessen Frau, die jetzt das Geschäft führen, sind so liebe Menschen.
Also ich habe es gut angetroffen, ich habe die besten Chefs der Welt", schwärmte Ria.

Ella wird ganz ernst und äußert den Wunsch: „Ich würde so gerne einmal die Mater Oberin besuchen."
„Aber wie sollen wir das anstellen? Es geht keine Bahn dahin, dann können wir das höchstens mit dem Bus. Ich sage dir ganz ehrlich, mein Wunsch wäre das auch!" Ria umarmte Ella - „Wir bekommen das hin, so Gott will."

Die Kölschen Jungs

Einen Tag vor Rias Ankunft gingen in Köln drei lustige Junggesellen, Fred, All und Rolf auf die Reise. Für Fred und Rolf war es die erste Urlaubsreise mit dem Auto. All, der ältere, mit schütterem Haar, untersetzt, um die dreißig, besaß ein eigenes Auto. Für zwei Führerscheinneulinge wie Rolf und Fred ging ein Traum in Erfüllung, endlich lange praktische Fahrübungen erleben.

Sie trafen sich wie verabredet "Beim Jupp", ihrer Stammkneipe. Jupp hatte Reiseproviant für sie bereitgestellt, besonders Früh-Kölsch, denn das bayrische Bier ist doch für die Domstädter nicht zu trinken. Nachdem im Kofferraum alles gebunkert war, ging es auf die lange Tour. Auf der Kühlerhaube hatten sie die Aufschrift "He kommen se" (hier kommen sie) und auf dem Kofferraum stand, "dat woren se" (das waren sie). Nachdem Rolf mit dem All an der Theke noch vor Fahrtantritt einige Kölsch gekippt hatte, durfte Fred als erster fahren. Was war das für ihn eine Freude. Er hatte zwar einiges gespart, aber ein Auto konnte er sich noch lange nicht leisten. Rolf hatte doch zu viel ins Glas geschaut und hat die Fahrt bis auf ein paar Lichtblicke verschlafen, zur Gunst von Fred.

Gut angekommen, ging es am Abend im Wirtshaus Wensauer, Gaststätte mit Metzgerei, rund.

"Die Gäste sind angekommen!", rief die Wirtin und scheuchte ihr Personal. In einem neben. dem Metzgereiladen liegendem Austragshaus wurden die Ankömmlinge einquartiert. Eine ältere Bedienung kam mit einem Krug Wasser, der zur üblichen Porzellanschüssel für die Gesichtstoilette gehörte an.

„Das können sie sofort wieder wegbringen, wir waschen uns draußen am Schöpfbrunnen", bestimmte All, der ältere.

Für das kleine Nest Anzenkirchen eine ziemliche Aufregung. Die Herren aßen am selben Abend gegrillte Hähnchen und das Bier floss in Strömen. Sie entdeckten, dass sie für den Preis von einem Kölsch dreimal so viel Getränk bekamen. Sie hatten gleich alle Besucher der Gaststätte eingeladen und das Fest war Dorfgespräch. Beim Frisör ließen sie sich für fünf Pfennig rasieren und für weitere fünf Pfennig erhielten sie 4711 Rasierwasser. Alle waren glücklich, das war noch nie da, das belebte das Geschäft.

Als Ria am achten September ankam, war die Begeisterung vom Vorabend bei Ellas Mutter noch zu spüren.
Sie willigte auf die Bitte von Ella, uns zum Tanz nach Bad Birnbach gehen zu lassen absichtlich nicht ein und schickte uns in die Gaststädte Wensauer zum Fernsehen. Für uns gab es keine andere Wahl, wie hätten wir nach Bad Birnbach hinkommen sollen. Im großen Saal hing ein großer Fernseher, wie in einem Kino und für zehn Pfennig, konnte man sich den ganzen Abend vergnügen.

Die Jungs sahen sich um, ob hübsche Mädchen da wären. All, der ältere mit Glatze und Rolf, blond gelockt, mit einem behinderten linken Arm, gefielen Ria nicht. Fred, den sie im Dunkeln nicht gut sehen konnte, bot ihr eine Zigarette an, doch Ria bedankte sich und meinte, sie bliebe bei den ihren.

Dieser Abend war auf keinen Fall optimal für sie. Ella hat sich mit Rolf für morgen verabredet.

Am Vormittag trafen wir uns alle vor der Gaststätte und berieten, was wir heute anfangen wollten. Ria sah Fred das erste Mal bei Tageslicht und stellte fest: ‚Das ist ja genau der Typ, den ich suche. Schwarze Haare, blaue Augen und die kräftige Statur, die Größe, alles passt genau zu mir. Wieso habe ich ihn nicht schon gestern wahrgenommen‘, dachte sich Ria.

"Wollen wir in die Gaststube gehen und etwas trinken?", fragte Fred, „ bis wir wissen was wir wollen.“

Am Tisch unterhielten sich Rolf und Fred, nur Ria konnte kein Wort verstehen, das hatte sie sehr gestört. Sie passte gut auf und hat die Kölschen Wörter aufgesogen und gelernt.

Die Tage verflogen wie im Rausch. Ria und Fred hatten sich unglaublich ineinander verliebt.

Sie gingen an die Rott, deren braune Brühe zum Baden wenig einlud, auf den kleinen Sandbänken konnte man gut liegen und in der Sonne aalen, sich gegenseitig betrachten und erzählen und erzählen...

Fred erzählte ihr auch, dass er Vollweise sei und seine Mutter nach der Unterschrift seines Lehrvertrages an seinem ersten Lehrtag die Augen geschlossen hat. Sein Vater ist im Krieg geblieben und in Italien gefallen, er kann sich an ihn nicht erinnern, er war erst zwei Jahre. Seine Mutter trauerte sehr um ihn. Fred wurde immer interessanter für Ria und sie musste feststellen, sie war bis über beide Ohren verliebt. Für sie gab es kein Entrinnen mehr.

Rolf teilte uns am Abend mit, er will sich für morgen von All das Auto leihen und zu viert, Rolf und Ella, Ria und Fred, einen Ausflug machen, um die Mater Oberin zu besuchen. Ella hatte ihn darum gebeten. Die Männer sollten natürlich im Auto bleiben oder den Ort besichtigen. Für uns wäre das eine schöne Gelegenheit gewesen, dort hinzukommen.

Rolf und Fred warteten schon nach dem Essen auf uns. Ihre Gesichter sahen betreten aus.

"Was ist los?", fragte Ria.

„Wir haben leider die Rechnung ohne den Wirt gemacht", klärte Rolf auf.

„All, dieses schwule Sch... ist jetzt doch mit seinem Auto auf und davon, hat etwas von Pfarrkirchen, Werkstatt, gefaselt und ist abgehauen", zischte Rolf vor Wut mit geballten Fäusten.

„Nun stehen wir hier und fragen uns, was fangen wir mit dem danebengegangenen Ausflug an?", wirft Fred in die Runde.

"Ja, hier können wir uns nicht den ganzen Nachmittag zur Schau stellen", meint Ella enttäuscht. „Ich könnte platzen, es hätte so schön sein können".

"Gehen wir erst einmal zu uns auf das Zimmer", schlug Fred vor.

Ria sieht Fred an, dass er sich maßlos ärgerte, und stellte

zum zweiten Mal fest, der sieht ja verdammt gut aus.

Was machen zwei Mädchen mit zwei Jungs auf dem Zimmer? Wir mussten jetzt das Beste aus dieser Situation machen, und Kartenspielen würden sie bestimmt nicht. Es wurde gefährlich!
Die beiden fingen an zu knutschen und das Gefummel ging los. Ria setzte ein Stopp!
"Du Fred, oder ihr haut wieder ab in das schöne Köln und wir sitzen dann vielleicht mit euren Ehrengaben da, zu finden wäre dann keiner mehr von euch, wenn es um das Zahlen der Alimente geht", sagte sie bestimmt.
„Schminkt euch das ab und lasst euch etwas Besseres einfallen."

Das erstaunte die beiden, aber sie sahen es ein. Also dann gehen wir eine Runde spazieren, wir können doch nicht den ganzen Nachmittag in dieser Bude hocken.
Fred musste das am meisten imponiert haben, denn beim Spazieren nahm er Ria in den Arm und küsste sie mitten auf der Straße. Als käme von oben ein Blitz, so trifft es sie, und Ria wusste auf einmal, der ist es und kein anderer.

Ja, es ist so geschehen, Ria kannte diesen Kerl ein paar Tage und ihr ganzes Leben hatte sich verändert. Sie hatte Schmetterlinge im Bauch und konnte nicht mehr klar denken.
Das Schlimmste war, sie wurden beobachtet.
Ella schaute auf die Uhr und musste plötzlich nach Hause.
„Weißt du wie spät es schon ist?", drängelte sie Ria. „Was

sagen wir bloß meiner Mutter", überlegte sie ängstlich.
"Was ist denn jetzt so schlimm, wir sagen ihr die Wahrheit.
All hat uns versetzt, vielleicht hatte er Angst vor uns
Mädchen und wir konnten gar nichts machen."

"Nein Ria, das können wir auf gar keinen Fall. Wir erzählen ihr, dass sich Mater Oberin so sehr gefreut hat und es
sehr schön war".

Erst hat Ellas Mutter getan als würde sie sich mit uns freu-
en, dann wurde sie wütend: "Warum lügt ihr mir die Hu-
cke voll, deine Schwester hat euch doch im Dorf spazieren
gehen gesehen", schrie sie Ella an.

Das schlug ein wie Blitz und Donner. Auf einmal waren
nicht mehr wir die Lügner sondern nur Ria.
Sie bekam die Erlaubnis, noch diese Nacht bei Ella zu bleiben und musste dann am anderen Tag ihre Sachen packen.
Jetzt, wo sie so verliebt war. Wir gestanden Ellas Mutter
unser Missgeschick mit All, dass er uns einfach sitzen hat
lassen und baten sie um Verzeihung. Das liebe und gute
Verhältnis war getrübt, schade. Lügen haben eben kurze
Beine!

Mit Fred erlebte Ria noch einen herrlichen Tag beim Baden an der Rott, sie tauschten ihre Adressen aus und der
schöne Urlaub war zu Ende. Der Abschied fiel beiden sehr
schwer. Um 20.30 Uhr sollte der Zug von Ria gehen.

Einem Freund von All, dem Gig, passte dieser Einklang mit den Verliebten nicht. Er ist eifersüchtig und lauerte Ria vor dem Eingang zu Ellas Elternhaus beim Abholen ihrer Sachen auf. Die Dämmerung ging gerade in die Dunkelheit über, während er drohend vor ihr stand.

„Nun wollen wir doch einmal sehen, wie treu du deinem Freund bist", waren seine Worte und will sie zu Boden werfen um sie zu vergewaltigen.

Es ging ein fürchterliches Gerangel los, und fast hätte er es geschafft, da zog Ria das rechte Knie an und knallte es ihm an den Pimmel, dass er nur noch jaulen konnte. Im Gebüsch war ein Rascheln, als ob einer zusehen wollte, wie das ging. Der teuflische Bursche hörte das so gerade noch in seiner Rage und war so erschrocken, dass er innehielt und das Weite suchte.

Sie kam spät nach Hause und nichts mehr war wie vorher. Die Gedanken kreisten um die Liebe.

Von Fred bekam sie ab diesem Tag die heißesten Liebesbriefe und Karten. Sie schrieb ihm auch jeden Tag.

Das erste Treffen war Weihnachten zu Hause bei ihren Eltern. Auf dem zwei Kilometer langen Fußweg vom Bahnhof in das kleine Nest, kamen sie an einer Wiese vorbei, auf der eingeschneite Misthaufen lagen, da fragte Fred doch glatt:

„Haben die hier draußen ihre Kühe vergessen?"

„Nein, erkennst du das nicht, das sind Misthaufen, die werden erst noch verstreut und im Frühjahr in den Rasen eingerieben als Dünger", war ihre Belehrung.

„Ach so, ich verstehe eben nichts von der Landwirtschaft".
„Du bist doch auch auf dem Land aufgewachsen, hat man das im Bergischen Land nicht so gemacht?"
„Ich habe darauf nie geachtet, wozu auch, meine Mutter und ich wohnten in einer kleinen Wohnung, wir waren ausgebombt und froh um diese Bleibe".

Rias Eltern waren mit Fred einverstanden, aber Zirkus veranstalteten sie keinen mit ihm. Statt einem Festessen gab es an dem Abend eine Brotsuppe mit gebräunten Zwiebeln.

Die Weihnachtstage verflogen viel zu schnell. Rias Schwester stellte auch ihren Freund vor, für die Eltern eine große Überraschung. Fred und Rudi wurden im Gästezimmer untergebracht und verstanden sich gut. Jedenfalls hatten sie sich viel zu erzählen und zu lachen.

Silvester feierten Ria und Fred in einem kleinen Tanzlokal in München. Fred schlief in einem Hotel und Ria bei Tante Thea und Onkel Günter in der Klenzestraße. Es ist ein vorsichtiges und zartes Herantasten an ihre Liebe, aber es war wunderschön. Ria führte ihn durch München, das sie sehr gut kannte. Die Ferien bei ihrer Tante Marie und Onkel Michel, mit den Cousinen Frieda und Marianne, in der Zweibrückenstraße, das Baden in der Isar oder im Volksbad, das Entdecken von München waren unvergessliche Zeiten.

Sie zeigte ihm das Isartor, in dem sich das Valentinmuseum befindet. Ein überaus lustiges Panoptikum wie Valentin selbst auch. Der Eintritt lädt schon zum Lachen ein. 99-jährige haben freien Eintritt, aber nur in Begleitung ihrer Eltern. Außen an der Eingangstür wuchs ein Büschel Gras aus einer Steinmauer und darüber steht ein Schild: „Bitte Rasen nicht betreten." Eine Treppe höher kann man die Befreiungshalle (eine Toilette) besichtigen, einen Franzosen (Schraubenschlüssel) und einen zerflossenen Schneeberg, einen Zahnstocher in Daunen... Dieses Museum würdigt auch die Bühnenpartnerin von Karl Valentin, Liesl Karlstadt. Im obersten Stock befindet sich ein wunderbares Kaffee, das wegen des winzigen Umfanges, Wartezeiten einzuplanen empfiehlt. Fred hat es sehr gut gefallen und stellte fest, dass auch die Bayern Humor haben. Die weitere Besichtigung führte durch das Tal mit interessanten Geschäften bis zum Brauhaus „Schneider Weiße", dort entdeckte Fred Weißwürste mit Brezel und Weißbier. Sofort wollte er hinein und das essen. Ria machte ihn darauf aufmerksam, dass rechts um die Ecke gleich das Hofbräuhaus kommt, das ließ ihn noch einmal ablenken.

Beim Eintauchen in den Trubel von Blasmusik, Stimmengemurmel, Touristen aus aller Welt, gutem Essen und Maßkrug klimpern war Fred hin und weg. Diese Atmosphäre hätte er nicht erwartet. Ria erzählte Fred von ihrem Onkel Michel, der hatte gleich - wenn man den Tempel betritt, rechts seinen Stammtisch und den dazu eingeschlossenen Maßkrug mit seinem eigenen Namen. War das Essen zu Hause fertig, wurde Ria von Tante Marie ins

Hofbräuhaus geschickt, ihn zu holen.

„Hier essen wir etwas und trinken eine Maß, ich kann doch nicht aus dem Hofbräuhaus gehen ohne es richtig anzusehen und zu genießen", begeisterte sich Fred. Bald hätte Ria ihn nicht mehr von dort weglocken können, es war zu überwältigend für ihn.

„So, jetzt gehen wir zum Alten Peter, den wir besteigen könnten, nur im Winter ist es eine kalte Angelegenheit", erklärt ihm Ria.

„Dann lassen wir das einmal im Sommer nachholen, wenn ich vorher keine Maß getrunken habe", verzichtete Fred auf den Blick über München und Umgebung, als er die Anzahl der Stufen hörte.

Der Viktualienmarkt liegt nur ein paar Schritte um die Ecke, es gibt nichts, was es auf diesem Markt nicht geben würde.

Sie schlenderten an den eingehüllten Marktständen vorbei und Fred bekam immer größere Augen über das Angebot.

„Das ist unsere Gemüsefrau, hier hat mein Großvater jeden Tag einen schönen Rettich gekauft, während wir am Vormittag Tante Marie von ihrer Putzstelle in der Süddeutschen Zeitung abholten. Der wurde dann am Nachmittag im Hofbräukeller, ein Biergarten unter großen Kastanien, über der Isar im Park gelegen, hauchdünn mit dem Messer eingeschnitten, gesalzen und wenn er geweint hatte zur Brezel gegessen. Die Erwachsenen bekamen eine Maß dazu, wir Kinder Limo. Das war Opas Ritual in München".

Hinter dem Viktualienmarkt lag die Freibank, hier gab es

nicht Geld umsonst, sondern Fleisch für ärmere Leute, von Notschlachtungen, das billiger war. Sollte es eine Suppe oder Gulasch geben, holten wir dort das Fleisch, wenn die Ente oder die Gans, die Opa von zu Hause mitbrachte, schon verzehrt war. Gegenüber dem Viktualienmarkt befand sich ein überaus interessantes Auktionshaus. Dort war wirklich nur das Naselangmachen angesagt. Mitbieten hätten wir nicht können.

Um die Ecke durchstreiften wir den Rindermarkt, kamen wieder am Alten Peter vorbei und standen vor dem herrlichen Rathaus. Das Glockenspiel haben wir schon verpasst, wir werden es bei einem anderen München-Besuch gezielt anpeilen. Dafür gingen wir in den Untergrund vom Rathaus, in den Ratskeller und fanden ein vorzügliches Restaurant vor.

„Wollen wir eine Kleinigkeit essen oder trinken?", fragt Fred.

„Nein, du wirst dein Geld noch gebrauchen, wir gehen hinten hinaus und sehen uns das Dallmayr-Haus an. Ihr habt in Köln bestimmt nichts Vergleichbares".

Fred ist fasziniert von all den Angeboten, aber auch von den Preisen.

„Da ist erst noch etwas Sparen angesagt, bis wir uns hier ein Canapé leisten können, aber einen Kaffee trinken wir, egal was er kostet".

„Komm wir gehen auf die Kaufinger Straße zurück und

schlendern da weiter, denn hier um die Ecke ist das Geschäft von Mooshammer, das Hotel Vier Jahreszeiten und dir vergeht sogar das Hemden- und Krawatten-Kaufen", klärt ihn Ria auf.

In der Kaufinger Straße, die Flanier- und Einkaufsstraße mit Bettenried, Hiermer und dem Kinderparadies Oberpollinger, verbirgt sich die Michaelskirche mit der Wittelsbacher Gruft, in der König Ludwig II. seine letzte Ruhe gefunden hat. An diesem Ort kann man die Stille genießen und an Pater Rupert Meier denken, der sich von den Nazis nicht einschüchtern ließ, dafür in Dachau sein Leben lassen musste.
Ein trauriges Erlebnis für Fred, der seinen Vater im Krieg verlor.

Langsam sehen sie den Springbrunnen vom Karlsplatz, den Stachus, das Drehkreuz von München. Vor uns gegen über die Gerichtsbarkeit, dahinter der Hauptbahnhof, rechts geht es zum Lenbachplatz und links zum Sendlingertor, verbunden ist alles mit dem Altstadtring.

„Wo gehen wir jetzt weiter?".
„Rechts zum Siegestor, durch den Hofgarten zur Isar und wieder zurück zum Deutschen Museum", zeigte Fred auf dem Stadtplan.
„Das reicht für heute, du hast schon einiges gesehen und alles an einem Tag geht nicht", stellt Ria erschöpft fest.

„Wohin gehen wir denn heute Abend, hast du noch Lust zu

tanzen oder setzen wir uns zusammen und feiern Abschied", fragte Fred betrübt.

„Treffen wir uns bei dir im Hotel und sehen dann, was wir machen. Wann geht morgen dein Zug?"

„Um 10.15 Uhr, du wirst mir doch noch winken", und drückt ihr einen Kuss auf die Lippen.
Nun ging das tägliche Karten- und Briefeschreiben wieder an.

Ostern lernte Ria die schöne Stadt Köln kennen. Vor Freude, dass sie endlich zu ihm kam ist ihr Fred bis Bonn mit dem Zug entgegen gefahren. Jetzt konnte er sie seinen anderen Freunden vorstellen. Rolf kannte sie ja schon. Horst und Eike, beide bereiteten Ria einen tollen Empfang. Am Abend gingen sie in die Kneipe "Beim Jupp" und Ria musste feststellen, dass es in Köln auch schöne Mädchen gab und Fred nicht gerade ein Heiliger war.
Offensichtlich sind Käthe und Marlene die Freundinnen von Fred und Rolf. Als sie zur Toilette ging folgte ihr Marlene und erzählte ihr, dass sie die Freundin von Fred sei.
"Ja du, dann stellen wir ihn sofort zur Rede!", der soll uns das jetzt gleich selbst sagen, wer es ist.
„Ein Duell oder eine Schlägerei werde ich nicht mit dir veranstalten, er muss wissen, wen er will, meinst du nicht?"
Marlene wiegelte gleich ab und zog sich zurück.

Ria hatte den besten Stadtführer an ihrer Seite. Fred erklärte ihr alles, den Dom, die Hohe Straße, den Ostermann Brunnen, das Hänneschentheater, die Oper, Deutzer Brücke, Alter Markt, Gürzenich, Alt- und Südstadt, die Severinsstraße, das Ubierviertel, die Hochburgen des Karnevals, kurz, es war das schönste Ostern, das sie je erlebt hat.

Sie unterhielten sich, wie es weitergehen sollte.

„Weißt du was, ich werde meine Zelte hier abbrechen und gehe nach München, dann sind wir uns näher."

Ria schrieb, als sie wieder zurück war die Preisschilder für die Ware falsch, und Herr Brandl kam zu ihr:

„Hat sie an ihren Freund gedacht und die Schilder falsch geschrieben, liege ich richtig, dass sich unser Mädchen verliebt hat?"

„Ja, Herr Brandl, ich wollte noch mit Ihnen sprechen, es ist mir so unangenehm, Sie sind so gut zu mir und ich fühle mich undankbar."

„Worum geht es denn, du kannst von mir alles haben, brauchst du mehr Geld?"

„Nein, mein Freund möchte nach München und ich würde auch gerne dahinziehen."

„Was macht der junge Mann denn, wo arbeitet er?"

„Er ist bei Klöckner Humboldt Deutz im Schlepperbau."

„Seid ihr denn verrückt, dann müsst ihr zwei Existenzen

neu aufbauen, der soll bei dieser Firma bleiben und auf die Aktien aufpassen, ich habe welche davon, da gehst du eben nach Köln, wie wäre das?"

„Das ist natürlich eine ganz andere Perspektive."

„Ich schicke dich in unsere Kölnische Mode- und Textil GmbH, dann hast du gleich eine Arbeit, wäre das was?"
„Ja, damit bin ich einverstanden."

„Schade, dass wir dich verlieren, aber das wäre der beste Weg."

Ria erzählte abends ihren Eltern von ihren Plänen. Mutter war sofort damit einverstanden und meinte: „Wem Gott will rechte Gunst erweisen, den schickt er in die weite Welt."
Vater wurde wütend und konnte es nicht fassen. „Ich sage dir, du wirst hier noch auf allen Vieren hier hereinkriechen!"
Das waren harte Worte, die Ria in ihrer Jugend und Euphorie nicht störten.

Herr Brandl leitete alles in die Wege.

Mit Tränen in den Augen wegen des Abschieds und der Vorfreude endlich bei ihm sein zu können, fuhr die Achtzehnjährige in die große Stadt Köln und ins Rheinland.

Eine aufregende Stadt

Fred hatte Ria ein Zimmer in der Titusstraße am Römerpark besorgt. Er wohnte nicht weit weg in der Alteburger Straße bei Frau Niesen. Schnell stellte Ria fest, dass sie mit ihrem Gehalt von netto DM 129,-- bei der KMT keine großen Sprünge machen kann, das Zimmer kostete DM 80,--.

Das erste Mal in ihrem Leben lernte sie sparen und hatte einen sozialen Abstieg. Wieso ließ sie das über sich ergehen? Macht Liebe wirklich so blind? Sie ernährte sich fast ausschließlich von Rotkohl und Brot; wie lange würde sie das durchhalten? Fred erklärte ihr, sich eine Zigarrenschachtel anzulegen und die DM 49,-- akribisch zu verwalten. Gut, dass sie noch gut eingekleidet war aus der Firma Brandl, so hatte sie wenigstens einen Mantel. An Kleidung zu kaufen, wie sie es gewöhnt war, war nicht zu denken. Zu Weihnachten tat sie ihrer Chefin, in der Import-Abteilung, so leid, dass sie ihr einen Schal schenkte, der so dünn war, das er auch nicht viel wärmte.

Es musste dringend eine andere Arbeit her, das konnte so nicht weitergehen. Der soziale Abstieg machte sie fertig.

Am Pfingstwochenende 1964 machten Fred, Ria, Rolf und Brigitte, die beide im Reisebüro am Ebertplatz arbeiteten, eine Rheinschifffstour von Köln nach Bingen. Auf dem Strom, mit seiner besonderen Essenz, der Ruhe und Gelassenheit ausströmt, sich in seinen Ufern ruhig und sanft

dahinschlängelt, fühlte sich Ria sehr wohl. Vater Rhein, wie er besungen wird, mit seiner Loreley, den laubbewaldeten Hängen, an denen wie kleine Schatzkästchen eingefügte Burgen thronen, die Sichtblick hatten, um sich im Verteidigungsfall warnen zu können. Die Weinberge, eine Traumreise, von der man lange zehren konnte.
Jede Stadt und jeder Ort reiht sich wie eine Perle um seinen Hals.

Brigitte sagte auf dieser Reise zu Ria: „Du, Dr. Remling, ein Kunde von mir, sucht eine Sekretärin, die aussieht wie eine Spanierin."

„Was sagst du Brigitte, gehe ich als eine Spanierin durch?"

„Weißt du was, einen Versuch ist es wert, ich gebe dir die Telefonnummer und du versuchst dein Glück. Sage auch gleich, du würdest auf meine Empfehlung anrufen."

Ria ließ sich das nicht zweimal sagen und rief dort an. Es war der Chef der Kreditabteilung einer vornehmen Versicherungsgesellschaft. Er empfahl ihr ein polizeiliches Führungszeugnis und ein Gesundheitszeugnis zu besorgen, dann sollte sie zu ihm zur Aufnahmeprüfung kommen.

„Zum Personalbüro gehen Sie erst, wenn zwischen uns beiden alles klar ist", sagte er ihr freundlich.

Mit klopfendem Herzen ging Ria Tage später zur Aufnahmeprüfung und bestand prompt.

„Danke Universum, du hast mich aus meiner miesen Lage befreit, ich kann endlich wieder atmen!", das Anfangsgehalt betrug DM 500,--, netto.

Die beiden Kolleginnen, Frau Krusche, die mit ihrem ergrauten dauergewellten Haar und der fahlen Gesichtshaut älter aussah als sie war, führte sich wie ein Drachen auf. Fräulein Krawitz, dunkles langes Haar, braune Augen, sehr spitze Nase, waren über den Neuzuwachs nicht so glücklich. Sie versuchten Ria, wo sie konnten, Steine in den Weg zu legen, nur bei Rias Können kein Problem. An diesen beiden konnte sie erleben, dass die Rheinländer nicht nur freundlich und frohgesinnt sind.
Sie hatten spitze, zynische Zungen und sind am Austeilen von Kritik nicht zimperlich, nur beim Einstecken, sind sie empfindlich wie Mimosen.
Helga, eine Kollegin im Schreibzimmer, stammte aus Passau rief Ria einmal an, dann verband Frau Krusche sie mit der Bemerkung: „Übernehmen sie bitte, da ist eine Ausländerin dran, ich kann sie nicht verstehen", war ihr Kommentar. Helgas bayrische Sprache war noch sehr ausgeprägt. Das konnte Ria nicht passieren, sie sprach die Kölsche Sprache nur mit ein paar Knubbeln perfekt.
Mit diesen beiden Damen brauchte sich Ria nicht lange plagen. Dr. Remling und die ganze Crew bekamen ein gutes Angebot und gingen geschlossen zu einer anderen Gesellschaft. Sie fragten Ria, ob sie nicht mitgehen würde, die nach einer Abwägung der vielen Vorteile an dieser Arbeitsstelle es verneinte.
In dieser Firma gab es einen herrlichen Speisesaal, für

0,85 DM traumhafte Gerichte zum Mittagessen, eine Pensionskasse, Urlaubsgeld und dreizehn Gehälter, einfach alles, von dem geträumt wurde. Sie verstand sich mit den übrigen Kollegen und Chefs sehr gut, wieso hätte Ria das alles ändern sollen?

Ria ließ sich in das Schreibzimmer versetzen zu Helga, sie wurden gute Freundinnen. Frau Limmer die Schreibzimmerleiterin, war eine liebe, freundliche Frau. Das blonde dauergewellte Haar umrandete ihr hübsches Gesicht, das lediglich ein Glasauge ein wenig verunstaltete. Sie ließ sich nicht heraushängen, ich bin eure Vorgesetzte. Damals wurden die Versicherungsbedingungen noch mit Schreibmaschinen geschrieben und jedes Mädchen verdiente mit 184.000 Anschlägen täglich, ihr Brot. Es war eine wunderbare familiäre Atmosphäre ohne Neid und Hass.

Der erste Schreibcomputer war so groß wie ein Tisch und hatte geheimnisvolle Knöpfe zum Bedienen. Viele Mädchen wollten daran arbeiten, es setzten sich nur zwei durch: Ria und Meike, die ihre Haare jeden Tag schön frisiert und mit Schleifen und Spangen verziert hatte. Dadurch kamen die blonden Locken noch besser zur Geltung und sie sah irgendwie aus wie eine Puppe, so hatte sie die Zuneigung von Frau Limmer.

Dieser Computer wurde nun ausprobiert und für die Doktorarbeit von Frau Limmers Tochter verwendet. Es ging um Theaterwissenschaft und während des Textschreibens dachte sich Ria, für diese Arbeit bekommt man einen Doktortitel. Sie hat zwar nicht studiert, aber sie konnte sich nur wundern. Es war eine interessante Aufgabe, auf Dauer wollte sie diese Arbeit nicht machen.

In der Transportabteilung wurde die Besetzung des Vorzimmers ausgeschrieben und Ria bewarb sich. Herr Bramlage, ein hochgewachsener nicht ganz schlanker Mann, technisch unbegabt, deshalb war Stenographie erforderlich und man sollte es am Telefon der Direktion vorlesen können. Er sagte zu Ria: „Wissen Sie, das mache ich so, dann können die mir nicht an die Karre pinkeln."

Die Chemie stimmte zwischen den beiden und sie verstanden sich gut, so konnte gute Arbeit geleistet werden.

Das erste, was sie tat, war rationalisieren. Alles was mehrfach mit der Maschine geschrieben werden musste, ließ sie drucken und füllte anschließend nur aus. Herr Bramlage ließ sie gewähren und war stolz, dass alles so gut funktionierte, frischer Wind in der Stube.

Ria hatte für alle Angestellten der Firma die Reisegepäckversicherung unter sich, auch für den Außenkunden. Viele Rentner aus Köln überwinterten in Spanien und anderen Ländern.
Weiterhin zählte zu ihrem Aufgabengebiet die Schmuckversicherung, das Luftfahrtgeschäft sowie Transporte des ganzen Eisens zum Bau der Bosporusbrücke, alles wollte versichert sein. Auch die Landung des ersten Jumbo Jets auf dem Köln-Bonner Flughafen durfte Ria erleben. Es war viel Arbeit, aber es machte prickelnden Spaß. Zur morgendlichen Begrüßung steckte Herr Bramlage den Kopf in

den Türspalt -„Ist heute Nacht wieder ein Storch herunter gefallen?"

Er meinte damit eine Cessna oder andere Kleinflugzeuge.

„Nein", erwiderte Ria, „Sie können ruhig hereinkommen, es ist nichts passiert."

Karneval in Köln

Eine ganz wichtige Sache war der Karneval, der am 11.11. um 11 Uhr 11 jedes Jahr begann. Den Karnevalisten wünschte man eine gute Session.

Diese lief mit der Prinzen-Proklamation während einer Prunksitzung im Gürzenich, ein altes Ballhaus in Köln, an. Wer wird Prinz, Bauer und Jungfrau? Wie sehen sie aus? Das Dreigestirn sieht jedes Jahr fast gleich aus, nur die Gesichter und Namen sind anders, fand Ria.

Susi, die Mutter von Rolf, hatte in einem großen Kaufhaus einen Kartenvorverkauf, den sie als junge Witwe mit ihren Söhnen weiterführte.

Von ihr bekamen wir oft Ehrenkarten zu sämtlichen Veranstaltungen. Prunksitzungen im Gürzenich, Mädchensitzungen, Herrensitzungen, Lachende Sporthalle, die Karten für das Hänneschentheater, ein uriges kleines Stockpuppentheater aus dem Jahre 1802; die Bestuhlung sind harte Holzbänke, der Verzehr wurde in Beuteln selbst mitgebracht. Für die Spieler sollte in der Tasche eine Flasche Hochprozentiger sein. Die Spieler bedankten sich dann persönlich bei dem edlen Spender während der Vorstellung.

Weil die Karten für das kleine Theater schon für das ganze Jahr ausverkauft waren, bestellte Susi unserer Clique zu Karneval eine Sondersitzung für fünfundzwanzig Personen. So feierten Ria und Freunde bei Fasskölsch und Mettschnittchen einen privaten Karneval, mit den Kölner -

Ratsbläsern.

Dat wor ja so schön, so unwahrscheinlich schön !!!!!

Susi war die Seele Kölns, immer freundlich, gut aussehend, agil und trank jeden Tag ihr Kölsch und ein paar Kurze, das hat sie gesund weit über die Achtzig getragen. „Danke Susi!!!"

Am unsinnigen Donnerstag schnitten die Damen den Herren die Krawatten ab und hefteten sie als Trophäen an die Wand. Um dreizehn Uhr hatte Ria in der Firma ein Fass Kölsch auf den Tisch zu stellen und Unmengen von Mettschnittchen für zwanzig Leute zu besorgen. Mit dem Gong aus dem Lautsprecher wurde der Hauptkarneval eingeleitet.
Es gab für zweitausend Angestellte Tanz durch alle Räume von dreizehn bis siebzehn Uhr. Anschließend gingen die Abteilungen weiter zum Päffgen auf der Friesenstraße, zum Sion, Früh oder in andere Kneipen und feierten bis morgens weiter. Ria wollte auf die Uhr sehen, wie spät es ist, da hatte sie nur noch das Glas von der Uhr am Arm, das Uhrwerk war vor „La Bostella Klatschen" davon gehüpft und nie mehr wieder gesehen.

An Weiberfastnacht war es verpönt, mit dem eigenen Freund oder Mann auszugehen. Bald wäre Ria in Hong Kong oder Barcelona gelandet, hätte sie alle Zusagen eingehalten, die an solchen Abenden versprochen wurden. Sie lebte schon mit ihrem Fred in der Kantstraße. Gegen Mit-

ternacht ging sie nach Hause und wollte aufschließen, da
steckte der Schlüssel von innen und ihr Fred lag stark

betrunken in der Wohnung.
Wie sollte sie jetzt in die Wohnung kommen? Fred hörte
das Klingeln nicht. Sie saß auf der Treppe und überlegte.
Vielleicht geht das Wecken über das Telefon und rennt
wieder zur Kalker Hauptstraße, denn nur da war eine Tele-
fonzelle. Kein Erfolg, er ist nicht wach zu kriegen.
Auf dem Heimweg in der Wiersbergstraße sprang sie ein
Kerl von hinten an, hängte sich wie ein Rucksack an sie
und wollte sie umwerfen. Die Arme von ihm hatte sie um
ihren Hals und er drückte zu.
 Wie es geschah, weiß sie heute nicht mehr, bestimmt war
ein Adrinalinstoss der Auslöser, sie verprügelte diesen
Kerl dermaßen, dass er wie ein reudiger Hund davon lief.
Sie traute sich jetzt nicht mehr aus dem Haus und saß wieder auf der Treppe. Was könnte sie nur machen? Ihr fiel
ein, zwei Stockwerke tiefer wohnt Herr Müller von der
Werkskrim. Sie nahm sich ein Herz und läutete.

„Bitte, Herr Müller, könnten Sie mir helfen, bei uns einzu-
brechen?"

Herr Müller war überrascht über diese Bitte; als Ria ihm
das Anliegen erzählte, war er bereit.

Wir versuchten alles, aber die Wohnung war einbruchsi-
cher. Herr Müller sagte seiner Frau, mittlerweile war er
wohl schon sauer, „mach diesem Mädchen ein Bett auf der

Couch, dass sie bis heute Morgen hier bleiben kann."
Zu Ria sagte er:
„Glauben Sie ja nicht, dass Sie sofort hochrennen, wenn Sie oben etwas hören, der soll Sie suchen!"
Ria hat sich still gehalten und Herr Müller hat sich Fred geschnappt und ihm ordentlich den Kopf gewaschen.

Ria kam etwas später in die Firma, aber an Karneval kommt das öfter vor und Schlaf bekommt man in dieser Zeit nur noch unter dem Föhn beim Haare trocknen.
Wir waren eine Clique von fünfundzwanzig Personen, die sich zum Zug sehen verabredeten. Um vier Uhr morgens kam man nach Hause, um zehn Uhr vormittags trafen wir uns wieder, beim Jupp.
Das fürchterliche Erlebnis auf der Wiersbergstraße, hatte Ria längst vergessen.

Der Karneval dieser Zeit spielte sich auf der Straße ab. Es wurden die Veedlszüge von den verschiedenen Schulen und Vereinen, bei denen Ria und Fred auch einen Zug als Marktleute mitmachten, ausgerichtet. Alle wendeten viel Zeit, Liebe, Herzblut, Geduld, Geld und Material auf, um zu gewinnen und als Sieger im Rosenmontagszug mitgehen zu können.
Es wurde vor den Zügen auf den Straßen getanzt und gesungen, „Drei mol Null is Null...", „Wenn dat Trömmelche geht...", es war Karneval der ersten Klasse. Die Parka-Taschen wurden mit Kamelle und Sträußchen vollgestopft und jeder, der viel gefangen und vom Boden aufgehoben hatte, war glücklich.

Mit Horst und Eike erlebten Ria und Fred einen Karneval der feineren Art. Beide lebten auf der Hohe Straße und an ihrem Balkon führte der Rosenmontagszug vorbei. Es wurde ein Fass Kölsch auf den Balkon gestellt, Erbsensuppe mit Würstchen schon einen Tag vorher gekocht, denn je öfter man sie erwärmte, umso besser schmeckte sie, nur nicht für Ria, sie brauchte wenig von diesem Essen. Aber wo man auch hinkam, überall gab es diese Erbsensuppe mit Würstchen. Sie hielt es lieber mit den Mettschnittchen und anderen belegten Brötchen.

Vor dem Zug trafen sich die Freunde, alle bunt maskiert, Aggi, Marlene, Fred, Ria, Susi, die Kinder Ingo, Iris, Ellen und Karo von Eikes Schwester Ajrin. Es gab Sekt und Kölsch sowie Säfte für die Kinder.

Horst und Rolf waren jeweils bei einer Karnevalsgesellschaft und gingen beim Zug mit, je nach Zunft.

Auf einmal riefen alle: „Der Zog kütt!!!!!"

Die roten Pappnasen, verkleideten Tünnes, Lappenclowns, Indianer, Neger, Matrosen, Kapitäne schrien, jubelten, winkten mit einem Schirm, der als Fanggerät für Wurfsachen aufgespannt wurde oder wedelten mit einem Tuch; jeder wollte auf sich aufmerksam machen, ob auf dem Balkon oder am Straßenrand, an dem die Menschen bis zu sechs Reihen und mehr standen, damit jeder viel Wurfsachen, Strüßchen, Pralinen und Kamelle bekam.

Zuerst kamen die blauen Funken mit einem unglaublichen Gefolge. Sie leiteten das Geschehen ein.

Die Themenwagen reckten nackte Ärsche in die Luft, zeigten Politiker, die gerade etwas verbrochen hatten, aber Keinen, der etwas Gutes getan hat. Es kamen dann sämtliche Gesellschaften von gelb grün, die heißen im Volksmund Spinat mit Ei, die Apfelsinenfunken in Orange, viele Stammtischgesellschaften, die roten Funken. Bauer und Jungfrau hatten auch einen gesonderten Wagen und viel Wurfmaterial. Um das zu sein, musste man viel Geld haben. Hatte jemand das Glück, auf einem Wagen mitzufahren, der bezahlte auf der Fernsehseite mehr als auf der Schattenseite, die Wurfsachen müssen extra geblecht werden. Das zählte alles nicht, wenn einen die Welle des Jubels und Trubels fortgetragen hat und dabei sein konnte. Die Prinzengarde mit ihren wollweißen Uniformen werden die Mehlsäcke genannt und haben ein nicht enden wollendes Gefolge. Bis der Prinz als letzter mit seinem überwältigenden Prunkwagen vorbeifuhr. Jeder kleine Junge wünscht sich einmal der Prinz von Kölle zu sein, nur wenige haben die Moneten dazu. Alle bekamen genug Süßes mit - besonders die Kinder in der vorderen Reihe. Anschließend fuhr sofort die städtische Kehrmaschine und entfernte die Reste vom kunterbunten Treiben auf den Straßen. Es füllten sich wieder die Wirtschaften und das Karnevaltreiben ging weiter bei Kölsch, Mettschnittchen, Halven Hahn, Flönz und Öljelchen, bis Dienstag vierundzwanzig Uhr. Während dieser Feier wurde schon festgelegt, wo es morgen, am Aschermittwoch, zum Fischessen hingeht.

Ria hat am Karnevalsdienstag die Mülltonne geöffnet und die mit Liebe und Herzblut selbst genähten Kostüme hineingeworfen, so ausgepowert war sie. Adjö Karneval, bis zum nächsten Jahr!

Es wurde wieder gespart und wie man in Köln sagte, gab es
rote Wochen, das hieß, Marmeladenbrote essen.
Beim Fischessen am Aschermittwoch wurde bereits an den
nächsten Karneval gedacht. Ria hatte ein Kostüm gesehen,
dass sie nächstes Jahr unbedingt anziehen wollte.

Endlich Sommer

Im Sommerurlaub ging es über die La Strada an die Côte d'
Azur nach Mandelieu bei Cannes .

In Genua machten Ria, Fred, Gerd und Eva einen Zwi-
schenstopp. Während sie ihr Auto an einem Parkplatz in
der Nähe vom Hafen abstellen wollten, überkam Ria ein
sehr komisches Gefühl. Sie sah ein Paar Kerle, die an anderen Autos lungerten und mit Augen und Händen deute-
ten.

„Nein, rief Ria, hier lassen wir das Auto nicht stehen, wir
können dann unsere Sachen in den Hafenspelunken am
Abend wieder zurückkaufen."

„Wie stellst du dich denn an!" , regte sich Fred auf.

„Siehst du denn nicht, wie wir belauert werden? Ich habe
hier richtig Angst!"

„Also wir suchen eine Garage, damit hier Frieden ist."

Sie sehen sich um und über ihnen auf einem Felsen leuch-
tete eine Reklame für eine solche.

„Gut, tut alles aus dem Auto was ihr braucht, ich bringe
das Auto dorthin. Gerd du suchst mit den beiden das Hotel, es muss hier um die Ecke sein, wir treffen uns hier
wieder."

Die Suche war kurz, es ging laut Adresse, die uns ein
Freund aus Köln mitgab, in eine Gasse, wenn ein großer

Mensch die Hände waagerecht ausstrecke, konnte er rechts und links die Häuserwand berühren. Es war ein kleines Hotel mit drei Stockwerken, in dem wir zwei Zimmer nebeneinander beziehen konnten. Fred wurde es genauso mulmig wie Ria sonst hätte er nicht sein Stielet das er im Auto hatte mitgebracht, um es unter das Kopfkissen zu legen. Nach dem Pizzaessen suchten wir das Hafenviertel auf. Fred traute sich keine Zigaretten kaufen, sonst hätte jeder sehen können, wo er seine Geldbörse hatte. Die Straße war voller Müll und Dreck kniehoch, das schlimmste, an einem Hauseingang saß eine junge Mutter und säugte ihr Baby. Froh dieser Hölle heil entkommen zu sein, flüchteten wir in unser Hotel. Dort angekommen sahen wir unter der Tür von Gerd und Evas Zimmer Licht. Fred ging in Kampfstellung, holte tief Luft, knallte die Tür auf, der Hotelbesitzer rief erschrocken „Grande Malheur, Grande Malheur, gerade habe ich festgestellt, dass die beiden vorgestern geheiratet haben", er war die Betten am Zusammenstellen.

Schnell beruhigten sich alle wieder und die Nacht verlief in tiefen Träumen.

Gut gelaunt öffnete Ria morgens die Jalousien, wollte die Sonne begrüßen und sah auf dem Dach gegenüber Milchtüten, Eierschalen, Küchenabfälle sowie allen Unrat. Also in diesem Hotel waren wir zum ersten- und letzten Mal. Beim Verlassen dieser Alberge mussten sie über eine tote Ratte steigen, die in der engen Gasse lag.

Gefrühstückt wurde aus dem eigenen Proviant und Genua so schnell wie möglich verlassen.

In Menton wurde der nächste Stopp für das Mittagsmenue eingelegt. Es gab als Vorspeise Salami. Keiner von ihnen wusste, dass erst die ganze Vorspeise gegessen werden sollte ehe der weitere Menuegang serviert würde. Sie warteten und warteten auf den nächsten Gang, bis sie der Garson darauf aufmerksam machte, wie das in Frankreich abläuft.

Als Nachspeise gab es Käse, in Frankreich vorzüglich und Ria konnte gar nicht mehr aufhören zu essen. Eva meinte, bevor die Käseplatte an den nächsten Tisch weiter ging, „den besten Käse haben wir ihnen weggegessen". Die Dame am Nebentisch verabschiedete sich dann mit „Auf Wiedersehen!", als sie aufstand und ging. Sehr peinlich!

Gegen Abend kamen die vier über Nizza, Cannes nach Mandelieu.

Ein herrlicher Fleck Erde. Dort befand sich eines der schönsten Jugendcamps mit kleinen Bungalows und einem Haupthaus, eine alte Villa mit gepflegtem Garten, in der Madame, eine freundliche gutbeleibte Frau, mit ihrer Tochter, großgewachsen mit fast hagerer Figur, eine Generalin des Widerstandes im zweiten Weltkrieg, lebte. Unter den Jugendlichen wurde diese Dame nur mit dem Namen „Der Engel mit dem Flammenschwert" betitelt. Franz, ein Mann mit sieben Sprachen, langem Haar und viel Lebenserfahrung kochte mit einem Marokkaner, namens Robér, für die ganze Sippe. Die Burschen und Mädchen kamen aus allen Nationen, Italien, England, Holland, Deutschland, Frankreich, Belgien, Spanien und alle verstanden sich prächtig.

Madame und Franz besserten sich durch das Feriencamp Ihren Lebensunterhalt auf.

Am Abend erzählten wir Franz von unseren Erlebnissen am Strand, vom Schnorcheln und dass es sehr viele Seeigel gäbe. Dann könnt ihr doch Robér einen Sack voll Seeigel sammeln, meinte er. Mit Eifer gingen wir ans Werk, als wir den Sack voll hatten, kamen zwei Franzosen am Strand, die meinten was wir mit denen wollten. Die würde Robér essen, der schneidet sie mit der Schere unten auf und verzehrt sie. Die schwarzen kann man doch nicht essen, belehrten sie uns. In Antibes gibt es die besten, die sind lila, dann gibt es noch braune, die sind nicht so gut im Geschmack, aber schwarze, die werden nicht gegessen. Enttäuscht warfen wir sie wieder ins Meer. Als wir mit dem leeren Sack nach Hause kamen, fragte Franz „Wo sind denn die Seeigel?"

„Du musst uns schon sagen, dass es lilafarbene und braune gibt, die kann man essen, aber nicht die schwarzen."

„Schade", sagte er, "Robér essen alles."

Beim Schnorcheln entdeckte Ria an einer Felswand ein Auge, das auf und zuging. Ganz aufgeregt deutete sie Fred er soll mal sehen, was sie da gesichtet hätte. Es war ein Tintenfisch. Fred hatte eine kleine Harpune dabei und schoss ihn ab. Am Strand wussten wir nicht, was wir damit machen sollten. Wir schenkten ihn einem Franzosen, der meinte, wir sollten ihn selbst essen, er würde wie Kaninchen schmecken, zeigte er uns mit den Händen. Am Abend erzählten wir wieder Franz von unserem Erlebnis.

„Seid ihr verrückt, wie könnt ihr einen Tintenfisch verschenken, ich koche euch diesen, wenn ihr noch einmal einen finden solltet."

Zwei Tage später hatten wir schon wieder so ein Pracht-exemplar. Franz erklärte uns, er müsse das Gericht acht Stunden kochen. Wir hatten am nächsten Tag eine unver-gessliche Mahlzeit auf dem Tisch.

Er hatte uns auch einen Ausflug in die nahegelegenen Ber-ge empfohlen.

Saint-Paul de Vence, ist eine reizende Stadt, die nur zu Fuß erkundet werden darf. Sie hat noch eine komplett erhalte-ne Stadtmauer, auf der eine traumhafte Sichtweite erlebt werden konnte. Die engen verschlungenen Gassen hatten eine heimelige Atmosphäre, wie man es ganz selten antref-fen konnte.

Grasse die Parfumstadt, sie klebt richtig in den Felsen, war das größte Erlebnis. Am Morgen wurden die Millionen von Jasmin-, Lavendel-, Rosenblüten, Gräser, Hölzer und an-dere Utensilien zur Parfumherstellung angeliefert. So viele frische Blüten auf einem Haufen zu sehen, war umwer-fend. Von weitem konnte man den Duft wahrnehmen.

Franz fragte beim Heimkommen, „Wie hat euch denn der Ausflug in die Berge gefallen?"

„Fantastisch Franz, das war ein guter Tipp, in Grasse kommt man so richtig ins Schwärmen. Ich habe mir auch ein Parfum gekauft als Mitbringsel. Es war überwältigend."

„Dann werde ich euch einen Flug über Grasse organisie-ren. Ihr werdet hier abgeholt, zum Flughafen und zurück gebracht, glaubt mir, es ist etwas Besonderes."

„Nein, nein, bitte nicht, rief Ria gleich, ich habe Flugangst mit den Volkswagen der Lüfte zu fliegen, sie fallen wie Steine vom Himmel!"

„Mach dir doch nichts daraus, wenn der Motor ausfällt, segelt das Flugzeug weiter, beruhigt sie Franz. "

„Aber nur wenn die Thermik stimmt!", musste Ria das letzte Wort haben.

Es war ein wunderbarer Flug, diese Weite, das Meer und die Berge, über Grasse konnten sie tatsächlich den Parfumduft aufsaugen und inhalieren, es hat sich bezahlt gemacht.

Ria hat es überlebt und alle waren zufrieden.

Abends vergnügten sich Ria, Fred, Gerd und Eva in einer Bar im Ortszentrum von Mandelieu. Dort trafen sie auch einige andere Deutsche und Jugendliche aus dem Camp. Auch Robér, der Marokkaner war darunter. Eines Abends sagte er zu Ria: „Wenn du meine Frau wärst, hätte ich dich längst erschossen." Allen, die es hörten, blieb der Mund offen stehen.

„Weißt du schon, was du da jetzt gesagt hast?", entrüstete sich Ria.

„Bei uns in Marokko dürfen sich die Frauen nicht so frei bewegen, wie du das tust."

„Jetzt weißt du auch, warum ich nicht in Marokko oder Afrika lebe! Und eins möchte ich dir sagen, ich werde es auch nicht besuchen. Ihr wollt alle vom Tourismus leben, alle sollen ihr Geld bei euch lassen, ihr begafft uns Europäerinnen als Ungläubige und Huren weil wir nicht beschnitten sind, aber eure Frauen versteckt ihr, warum? Eure Frauen müssen in der größten Hitze wie Pinguine herum

Laufen, wenn sie auf die Straße wollen. In einem Kaffee sieht man nur schwarze, bedrohliche alte, bärtige Raben, so kam es mir vor. Wenn in eurem Land nicht der Sand der Wüsten und die Sonne leuchten würde, kann man sich nicht vorstellen, dass ihr an etwas Freude habt, oder doch, am Unterdrücken eurer Frauen? Eure männliche Jugend übernimmt die patriarchistische Denkweise der Alten, die schon im Mittelalter eingeschlafen ist und keine Evolution erlebte. Die alten Weiber, die nur verhärmt durch das Leben gehen, nehmen den hübschen kleinen Mädchen das süße Lachen durch die fürchterliche Beschneidung - verstümmeln sie, nehmen ihnen die Würde, die Allah ihnen mitgegeben hat. Belügen sie noch, sie würden etwas Schönes erleben, um zur Frau zu werden, für so widerliche Männer, nein danke! Sag nicht, ihr wüsstet nicht, was da vor sich geht, wie fürchterlich für eure Frauen eine Hochzeitsnacht ist. Das kann doch nur einem sadistischen kranken Hirn entsprungen sein, wenn er mit einer blutenden Scheide, die er in der Hochzeitsnacht mit dem Dolch oder einer Rasierklinge geöffnet hat, Sex haben will. Vom Leid der Frau ganz zu schweigen. Noch eine Frage, warum wird das auch an vier Wochen alten Babys praktiziert, müssen die auch schon zu Frauen werden? Das kann in keinem Koran stehen, das ist widerliches Männergespinst, Frauenverachtung und Verbrechen! Das bedeutet doch nur, der egoistische patriarchale Mann sichert sich eine Jungfrau. Von einem sorgsamen Umgang mit Menschen, Tieren und Pflanzen habt ihr noch nichts gehört! Gehört vielleicht schon, aber ihr wollt es nicht ändern. Sind wir beide jetzt quitt?"

Ria musste eine Toilette aufsuchen und fragte Fred, wo diese wäre.

„Du kannst gleich um die Ecke gehen und rechts die nächste Tür."

Sie versuchte ihr Glück, öffnete die Tür und ging mit rotem Kopf zu den anderen zurück.

„Da ist doch gar keine Toilette, das ist doch nur für Männer!"

„Die ist auch für Frauen, du musst dich auf die Blöcke stellen und dein Geschäft machen", wurde ihr erklärt.

„Igit, das spritzt doch, da bepisst man sich doch die Füße."

„In Frankreich gibt es diese Toiletten zuhauf, daran musst du dich gewöhnen", flüstert ihr Fred zu.

Während der Abend fortschreitet und schon einiges an Alkohol geflossen war, fingen drei deutsche Burschen an zu singen. Alle meinten, sie sollten das sein lassen, wir wären doch in Frankreich und sie sollten sich entsprechend benehmen. Keiner von ihnen hörte, so standen wir in kürzester Zeit alleine an der Bar. In den Ohren der älteren Franzosen musste das fürchterlich geklungen haben. Einer nach dem anderen rutschte von seinem Barhocker und verschwand. Schade, man hätte vielleicht Kontakt schließen können. Ria entschloss sich an diesem Abend, die Sprache zu lernen.

Auf der Heimfahrt durch die Seealpen war es sehr abenteuerlich. Die Straßen waren kaum gesichert und neben dem Auto ging es in den Abgrund. Eine kurze Unaufmerksamkeit hätte fatale Folgen haben können.
Bei Grenoble lief uns ein Hund in das Auto. Er rollte unten durch, stand auf und lief davon. Gott sei Dank!

In Basel sollte übernachtet werden. An der Tankstelle stellte Fred fest, dass er sein Reservegeld für die Rückfahrt unter der Marmortischplatte in unserem Zimmer vergessen hatte. Gerd beruhigte ihn, er hätte noch Geld und könnte es ihm leihen.
Ria musste nach dem Weg zum Bahnhof fragen und lief in die Tankstelle.
„Ach da fahren Sie nicht nach links und nicht nach rechts, sondern so gerade die Mitte durch", erklärte der Tankwart, - „dann sehen Sie sofort den Bahnhof."
Ria musste so lachen, denn sie kannte einen Witz, in dem es hieß: „Ach Sie können mich mal, nicht nach links und nicht nach rechts, sondern so gerade die Mitte durch".

Am Hotel angekommen, ging Fred zur Rezeption, ob noch zwei Doppelzimmer zu haben wären. Wir wurden in unseren nicht mehr so sauberen Jeans betrachtet von oben nach unten, als wären wir Asoziale. Als dann Fred darum bat in Cannes mit der Nummer, die er vorlegte, verbunden zu werden, tanzten die Angestellten förmlich um uns herum, brachten uns auf die Zimmer, plötzlich waren wir wer.

Fred ließ sich Franz ans Telefon holen und erklärte ihm, er möchte das vergessene Geld aus dem Versteck an sich nehmen und es dem Markus Vater, der eine Woche später nach Köln fuhr, mitgeben.

Sieben Tage später stand der Geldlieferant in der Wohnung und lachte: „Ihr habt jetzt euer Geld, aber ich habe meines an der gleichen Stelle im anderen Zimmer vergessen."

Es wurde noch ein schöner Abend.

Das Leben in Köln war so herrlich, dass Ria in diesen Tagen wenige Gedanken an ihren Heimatort und die Eltern verschwendete.

Ria und Fred lebten in Köln erst in getrennten möblierten Zimmern. Fred wohnte bei Frau Niesen, eine kleine dunkelhaarige, untersetzte Statur, die akribisch auf ihn aufpasste und die auserwählte Freundin prüfte. Ria sollte an einem Sonntag Rindssuppe, Blaukraut und Knödel kochen, damit das Essen Frau Niesen probieren konnte, ob es genießbar war.

„Also Mädchen, du kannst heiraten", sagte sie anerkennend, als sie das Mahl verzehrt hatte.

„Danke für das Kompliment, es freut mich, wenn es gemundet hat", gab Ria zurück.

Die Zimmerfrau von Fred bewohnte eine Vier-Zimmer-Wohnung, von der sie zwei Zimmer vermietete, um die Unterhaltszahlung ihres geschiedenen Mannes aufzubessern. Das Kinderzimmer mietete ein Herr von der Bundeswehr, die in Köln stationiert war, und das eigentliche Wohnzimmer mit Erker überließ sie Fred. Frau Niesen hauste in der Wohnküche, die sehr gemütlich war, mit ihrem Vogel Pipsi, der sehr zugänglich war und alle aufforderte, mit ihm zu spielen. An dem großen Steinwaschbecken befand sich auch die Waschgelegenheit für die Herren, so hatte auch Frau Niesen Ansprache.

Die geschäftstüchtige ehemalige Kohlenhändlerin überredete Ria, bei ihr im Schlafzimmer das freie Bett zu beziehen, das waren wieder DM 50,00 für sie. Sie hätte auch gleich eine Vertretung, wenn sie in den Schwarzwald zur Kur fuhr.

„Du könntest mir dann die Blumen gießen, die Treppe putzen, den Vogel versorgen und sehen, dass die Wohnung in Ordnung ist."

„Sie können ohne Sorge in Kur fahren", versicherte Ria ihr.

Ihr Asthma zwang sie jedes Jahr in eine waldreiche Gegend zu fahren und Atemübungen zu machen. Einen Kurschatten, der wirklich etwas bewirken hätte können an ihrer Gesundheit, traute sie sich nicht anzulachen.
Sie hatte ständige Angst, ihr Mann würde sie überwachen lassen, dass er ihr den Unterhalt streichen könnte.

Im kleinen Nebenraum neben dem Schlafzimmer befand sich ein Waschbecken, an dem sich die Damen wuschen.

Nicht nur an Frau Niesens Aufgaben, sondern auch an Freds Hemden hat sich nun Ria die Finger an diesem Becken wundgerieben und einige Tränen vergossen. Dieser Zustand ging nicht lange gut, denn Ria konnte wegen der Schnarcherei von Frau Niesen keine Nacht gut schlafen.

Fred bemühte sich endlich um eine Wohnung. Über die Firma bekam er eine Werkswohnung, die ohne Trauschein nicht vergeben wurde. Zwei Zimmer mit Bad mit Dachschräge bekamen sie in Aussicht gestellt. Es war eine Absteige von einem KHD-Direktor. Glücklich war Ria nicht unbedingt, sie träumte von etwas anderem und programmierte es, indem sie sich das innigst wünschte.

Bei einem Heimatbesuch sagte Rias Mutter zu ihr: „Wenn ihr heiraten wollt, auf der Bank liegen DM 2.000,-- für euch."
„Danke Mama, das können wir gut gebrauchen, wir haben im Frühjahr vor zu heiraten, wenn es euch recht ist."
Das Geld von Fred, der auch DM 2.000,-- gespart hatte, wurde nicht für Einrichtung und Hochzeit verwendet, sondern für den Kauf des dunkelblauen VW-Käfers vom Franz, den sie sich beide gewünscht hatten.
Anfang April 1966 wurde im Standesamt in Köln geheiratet.

Auf der anschließenden Heimfahrt von Köln nach Bayern riss an ihrem Traumauto an einem Bahnübergang bei Neuburg an der Donau das Gasseil, so dass sie in der alten Post in Neuburg übernachten mussten.

Um die Eltern nicht zu beunruhigen, rief Ria beim einzigen Telefon im Ort an, das der Wirt besaß, dass nichts Schlimmes passiert sei. Bei dieser Gelegenheit erfuhr Ria, dass sie Tante geworden ist.

„A Dirndl habts!" - rief die Wirtin ins Telefon.

Also war Ria auf dem Standesamt und ihre Schwester im Kreissaal.
So konnten sie die Flasche Sekt, die ihnen die Rezeption wegen des Hochzeitstages auf das Zimmer schickte, gut köpfen. „Prosit den freudigen Ereignissen."
Mit großer Erwartung fuhren sie anderntags nach Hause.
Die Freude über das süße Baby und die Freude war noch größer, als Ria erfuhr, dass sie Taufpatin werden sollte.
Zwei Tage später war die Taufe und das Kind hieß Gerda.

Die kleine Wohnung, die Ria und Fred in Köln-Kalk hatten, war für sie das richtige. Sie war schnell zu reinigen und für die kurzen Aufenthalte, die sie darin verbrachten, gerade gut. Es war immer etwas anderes. An vielen Wochenenden waren sie mit Rolf und Horst in Wittlich in der Eifel. Rolfs
Vater hatte die Hassborner Mühle zu einem Eldorado ausgebaut mit Sauna, Schwimmbad innen und außen. Die Mühle lag so herrlich an einem Bach mit Forellen, umgeben von Wald und Wiesen. Sie war sehr oft Treffpunkt von Kölner Jägern und Freunden, die dort feierten und grillten. Es wurden später Apartements dazu gebaut, so dass auch übernachtet werden konnte. Da dies alles auch erhal-

ten werden sollte, gab es oft Arbeit dort. An Wochenenden war das eine schöne Abwechslung.

Beruflich kam Fred in der Firma weiter und studierte Arbeitsvorbereitung bei einem amerikanischen Team. Eines Tages kam er zu Ria und erzählte ihr:

„Du, Herr Heller will sein Zelt verkaufen, ich habe gehört, wie er es jemanden für DM 150,00 angeboten hat, meinst du nicht wir sollten... „

Ria war strikte Gegnerin von Camping. Obwohl Helga und Peter, Freunde von einem Kopenhagen Urlaub, sie oft gebeten haben doch zu einem verlängerten Wochenende mit nach Holland zu fahren, das wäre so lustig.

„Du weißt doch, dass ich kein Camping mag", sagte sie bestimmt.

„Aber das ist doch ein günstiges Angebot und ich weiß, dieser Mann hat alle Sachen in Ordnung", bettelte Fred.

„Na dann kauf es und leg es in den Keller, dort frisst es wenigstens kein Brot."
Vielleicht können wir einmal mit Helga und Peter mitfahren.

Er freute sich und gab ihr einen Kuss.

Kurze Zeit später stellte Fred fest: „Weißt du, dass das was ich gerade studiere, längst überholt ist."

„Nein das weiß ich nicht, weil ich davon nichts verstehe. Ich habe in meinem Leben noch nie etwas mit Arbeitsvorbereitung zu tun gehabt."

„Ralf, mein jetziger Arbeitskollege, der das gleiche Studium macht, sattelt um und macht den Maschinenbau-Techniker, soll ich das auch machen?"

„Du kannst doch nicht etwas studieren, was längst überholt ist, gibt es da noch eine Frage, was du machen sollst? Zu zweit geht das doch viel besser und ihr könnt euch ergänzen."

„Gut, dann melde ich mich an." Es kam für Ria eine Zeit, in der ihr Mann sehr viel aus dem Haus war.
Sie fing an zu malen, mit den wenigsten Mitteln, sie musste immer alles wegräumen, hatte keine Staffelei, klebte sich am Waschbecken Bänder, damit die Bilder nicht verrutschten. Sie malte ein herrliches Blumenbild mit Zienien für ihre Mutter zu Weihnachten. Ria freute sich über das Gelingen, nur Fred meinte:

„Wo tun wir den all diese Bilder hin?"

„Das kann dir doch egal sein", kamen die ersten Stimmungsdifferenzen auf.

„Du bist alle Tage unterwegs und ich kann nur lesen,

Fernsehen und auf dich warten, ich fertige jedenfalls die Bilder für unsere Wohnung im neuen Haus selbst an", war ihr Kommentar.

Er hatte keine Lösung für ihre Langeweile, die plötzlich aufkam.

Ria wurde bewusst, die Wohnung war zu klein. So lange Fred und sie fast nie zu Hause waren, fiel ihnen das nicht auf. Sie hatte nun zwei und ein halbes Jahr in Aussicht, dass sie durch die Schule von Fred so herumsaß.

Sie konnte noch nicht einmal richtig aus dem Fenster sehen, es waren Dachfenster und die Häuser durch die Fabrikanlagen rundum grau.
Oft kullerten Tränen auf das Schindeldach und Ria plagte plötzlich das Heimweh, das jeden Tag schlimmer wurde.
Sie sah immer öfter die negative Seite in dieser Stadt. Die Haltestellen an der Stadtbahn waren zum Bersten überfüllt und als Frau konnte man sich abends nicht alleine auf die Straße wagen. An den Wühltischen im Kaufhaus war sie von zehn Personen die einzige Deutsche.
Die Stimmung für das schöne Köln, das sie nur noch tagsüber und in der Arbeit genießen konnte, schlug um.
Sie wünschte sich sooo sehr ein Haus in Bayern. Der Wunsch war so inständig, dass er bereits im Unterbewusstsein landete.
Fred erzählte Ria nichts davon. Er war mit seiner Schule beschäftigt und manches Mal hatte er auch ganz schön mit dem Durchhalten zu kämpfen.

Bei einem Heimatbesuch sagte Rias Vater zu ihr: „Ich habe mit unserem Nachbarn ein Grundstück getauscht und da wo früher die Kühe weideten bauen wir uns ein Haus."

„Danke Papa, du kannst dir nicht vorstellen, welche Freude du mir damit machst."

Beim Besuch an Ostern war schon die Baugrube ausgehoben und der innigste Wunsch nahm seine Formen an.

Ria war nur noch glücklich.

Nach dem Kurzurlaub ging in Köln alles seinen Lauf, Ria war weiterhin fleißig und verstand sich bestens mit ihrem Chef und ihren Kollegen.

An einem Morgen im April 1971 rief Herr Bramlage Ria in sein Büro.

„Stellen Sie sich vor, wer heute bei mir war und sagte, dass sie ein Kind bekäme."

Er war so außer sich, dass Ria in all den Jahren ihn noch nicht so erlebt hatte.

„Frau Kienzle? Von ihr wusste Ria, dass sie sich ein Baby wünscht."
„Nein, Dasy, ihre Schwester, kein Mensch konnte sich vorstellen, dass diese Frau etwas mit einem Mann hätte, so

altbacken wie sie ist."

„Warum regen Sie sich dann so fürchterlich auf, weil sie unverheiratet ist. Wer ist denn der Vater?"

„Ein verheirateter Mann, der bereits zwei Kinder hat, das regt mich so auf!"

„Das geht uns doch gar nichts an, das ist doch ihr Privatleben. Wir haben dazu überhaupt nichts zu sagen."

„Aber wie möchte sie denn ihre Arbeit erledigen, mit einem kleinen Kind?"
„Sie wird das besser erledigen als Sie glauben, es gibt Tagesmütter, die wird sie bestimmt in Anspruch nehmen."
Der Chef war beruhigt.

Tamara wurde im Januar 1972 geboren, wuchs wunderbar heran, es ging Mutter und Tochter gut.

Mara, Dasys Schwester, verheiratet, verurteilte Katholiken, fegte hinter jedem Pfennig her, in ihrer Familie die Nachzüglerin, war fürchterlich gekränkt bis ins Erwachsenenalter, dass ihre Mitschüler riefen: „Mara, deine Oma holt dich von der Schule ab", dabei war es ihre Mutter. Sie saß mit Ria im Vorzimmer. Beide wünschten sie sich ein Baby, sogar zum gleichen Zeitpunkt. „Nur nicht zu alt werden, sonst geht es dem Kind wie mir", legte Mara fest.

Wir freuten uns über Dasys Tochter. Beide strengten wir

uns an, eine Schwangerschaft herbeizuführen. Nachdem uns Dasy die Klinik verriet, an der sie schmerzlos ihre Tochter bekam. Sie lag an der Stadtgrenze von Köln.

Bei einer Planung zu einer Nordlandreise mit Ralf, Fred hatte mit ihm die Technikerschulbank gedrückt und Monika, seiner Frau, die sich nur topp gesteilt zeigte, Anfang April 1972 bemerkte Ria, dass bei ihr, etwas anders war.

An eine Schwangerschaft dachte sie noch nicht. Sie hatte doch erst die Pille im Dezember abgesetzt und jetzt sollte das schon geklappt haben? – ‚Unmöglich' – war ihr Gedanke.

„Es hat geklappt, es hat geklappt", tanzte Ria eine Woche später ins Büro und teilte Mara, ihrer Kollegin im Vorzimmer, freudig ihre Schwangerschaft mit, „Gott was freue ich mich!"

Mara wurde furchterregend traurig und erzählte Ria: „Mir wurde es schon genommen, denn durch die Anginapectoris Medikamente wäre es schwerstbehindert gewesen."

„Mara, du kannst dir nicht vorstellen, wie aufrichtig leid mir das tut. Dann kannst du durch dieses Zeug keine Kinder bekommen?"

„Bekommen schon, aber nur behinderte und so lasse ich es sein. Ich freue mich mit Dasy über Tamara, das wird mich darüber hinweg kommen lassen."

Es wäre wirklich fatal zu sagen, dann freue dich auch mit mir - in einer gewissen Weise bekam sie es auch hin.

Nachdem die Nordlandreise ins Wasser fiel, wurde auch schnell nach Ria Monika schwanger. Sie hatten nicht jeden Tag Kontakt, aber sie freute sich auch. Die Männer waren mit ihrer Techniker-Schule fertig und für alle war eine gesunde Basis für die Zukunft da.

In Bayern stand der Neubau, so ging es ans Einrichten. Schlafzimmer, Küche, Ess- und Wohnzimmer waren zu beider Freude fertig. Also kam das Kinderzimmer dran. Auf dem Boden lagen graue und blaue Teppichfliesen, so passten am besten hellblaue Gardinen. Die Wände wurden mit Tapeten aus Kindermotiven dekoriert, die Grundfarbe war auch hellblau.

Bei einem Schiffsausflug auf dem Rhein gewann Ria einen großen hellblauen Teddybären in der Tombola. Der saß süß lächelnd auf einem Stuhl.

Ria umarmte Fred und kuschelte sich an ihn – „Fällt dir auch auf, was ich sehe?"

„Was meinst du eigentlich?"

„Siehst du denn nicht, das ganze Zimmer leuchtet hellblau, sogar der Teddybär ist es. Wenn unser Kind ein Mädchen wird, lachen uns alle aus."

„Dann warten wir ab, was es wird, du magst im Moment keine rosa Farbe leiden und bist verrückt nach Süßigkeiten, was du sonst nicht bist, vielleicht hast du eine innere

Intuition."

Wieder in Köln ging Ria jeden zweiten Tag oder so oft sie konnte in die Kalker Kapelle.
Sie erzählte der Schmerzhaften Mutter Gottes, dass sie sich einen gesunden Sohn mit braunen, nicht schwarzen Augen, aber mit schwarzen Haaren wünsche. Sie dankt ihr jedes Mal, dass es so eintreten möge.

Ria war über ihren Umstand so glücklich. Ihr Bauch wuchs und ihre Augen strahlten, dass eine Hausbewohnerin aus dem unteren Stockwerk sie fragte: „Sind sie in guter Hoffnung?"

„Ja, aber wie wollen Sie das wissen, ich habe ihnen doch gar nichts gesagt."

„Das sieht man an ihren Augen!", war ihre Antwort.

Schwierigkeiten hatte sie nur beim Autofahren, sie bekam unbeschreibliche Stiche im Bauch, sodass sie es keinen Kilometer weit aushalten konnte."

Es war nicht schlimm, es gab die Trambahn und den Bus. Die Urlaubsfahrt nach Bayern wurde eben mit dem Zug erledigt.

Alle zwei Tage wurden vier Pfund frische Möhren entsaftet, um das Sodbrennen zu beseitigen. Sonst kam sie gut über die neun Monate.

Am 24. November ging Ria sich in der Klinik vorstellen, in der sie am 24. Dezember an dem vom Frauenarzt ausgerechneten Termin entbinden sollte.
Nach der Untersuchung eröffnete ihr der Chefarzt:

„Mit diesem Bauch haben Sie auf keinen Fall mehr vier Wochen vor sich. Rechnen Sie damit, dass das Baby in drei Tagen auf der Welt ist. Ich bitte Sie noch, hier ist die Überweisung, ein Röntgenbild anfertigen zu lassen. Es wird ein großes Kind oder Zwillinge geben."

Ria war, als würde jemand am Teppich ziehen, auf dem sie stand.

Röntgen ging es ihr durch den Kopf, kann ich das dem Kind antun? ‚Wenn es ihm schadet‘, dachte sie.

Sie hatte jedenfalls Vertrauen in diesen Arzt, ließ es machen und gab die Bilder ab. Zwei Tage später sollte sie in der Klinik sein.

Aufgeregt fuhren Fred und Ria um sieben Uhr am 27.11. dort hin, von den Stichen, die sie sonst bekam, merkte sie nichts mehr.
Es war ein trüber, nebliger Tag, am Nachmittag gab es Nieselregen.
Ria schaute aus dem Fenster und dachte über dies und jenes nach. Warum musste sie so oft an den alten wundervollen Birnbaum denken, der für den Neubau ihrer Schwester weichen musste? Sie wusste es nicht, beim

besten Willen nicht. Können sich Bäume als Menschen reinkarnieren? - fragte sie sich. Warum hat sich dieser Baum, an den sie nie dachte, so in den Vordergrund geschoben, nur in dem Moment während des Wartens auf das Kind.

Das Kind in ihrem Bauch war so groß, dass es sich nicht mehr drehen konnte. Es steckte fest und musste mit der Zange geholt werden. Nicht auszudenken, wenn der Arzt diese Information nicht gehabt hätte und Ria irgendwo gewesen wäre, um das Kind zu bekommen. Bis auf einen hohen Blutverlust und einen Dammschnitt hatten Mutter und Kind um 22.00 die Prozedur überstanden. Der 57 cm große, mit einem kohlrabenschwarzen Pelz besetzten Köpfchen, noch Namenlose , durfte sich mit seinem ersten Schrei über das Telefon bei seinem Vater melden, der vor Freude sofort in die Klinik eilen wollte. Natürlich wurde das mit der Begründung Mutter und Kind brauchen noch Ruhe unterbunden.
Am Vormittag konnte es Fred aber nicht mehr aushalten. Durch ein Guckfenster durfte eine Traube von Angehörigen ihre Kinder bewundern. Beim Vorzeigen von dem einzigen Jungen unter dreiundzwanzig Mädchen rief eine Frau: „Das ist ja ein Möhrenkind!"

Fred rief zurück, der verstanden hatte, das sei ein Mohrenkind.
„Das ist mein Kind!" - vor Stolz schwoll die Brust wie bei einem Hahn.

Der kleine Mann war durch die vielen Möhren so braun und durch die schwarzen Haare so niedlich, dass er sofort der Liebling aller Schwestern war. Entsprechend wurde er auch verwöhnt. Die TBC-Impfung die am dritten Tag durchgeführt wurde, hat er auch gut überstanden.

Ria bekam durch den Blutverlust Eisenspritzen. Ständig wurde an den Venen vorbeigestochen, dass sie die Arme ganz dunkelblau hatte. Am Nikolaustag durfte sie mit dem Spatz nach Hause, und musste in den vierten Stock, ohne Lift. Sie war noch ganz schön zittrig.

Nachdem die Eisenspritzen kaum etwas bewirkten als dunkelblaue Arme, kurierte sie sich selbst das Blut. Ein Glas Heidelbeeren und ein Glas Rotwein gemischt, jeden Tag, führte innerhalb von sechs Wochen zu einem super Blutwert. Stillen wurde untersagt wegen der Blutergebnisse in der Klinik.

Bei der Nachuntersuchung bei ihrem Frauenarzt sagte ihr dieser ganz vorwurfsvoll und eindringlich: „Sie wissen schon, dass das eine Risikogeburt gewesen ist!"

Irgendwie war dieser Arzt aufgebracht, weil Ria nicht seine Hilfe in Anspruch genommen hatte. Es gingen zu viele Frauen in diese Klinik und die Gynäkologen sahen ihre Felle davon schwimmen.

Ria fragte nur:

„Was wäre es denn bei Ihnen gewesen, keine Risikogeburt? Mein Gefühl sagt mir, bei Ihnen hätte ich als Patientin stunden- oder tagelang mit den Wehen rumrennen müssen, weil das Kind alleine nicht kommen konnte, es war festgesteckt!

Sie hätten die Situation nicht erkannt. Sie hatten sich beim Geburtstermin sogar um vier Wochen verrechnet und haben es in den neun Monaten nicht korrigiert, ich war um einen Monat Mutterschutz durch Sie betrogen!"

Es kam kein Kommentar mehr.

Das erste Weihnachten nahte, ohne Eltern und Familie. Ria meisterte diese Sache bravourös. Fred schickte sie in den Wildladen, um einen Feldhasen zu kaufen, nach Hause kam er jedoch mit einem fetten Stallhasen. Die Verkäufer die ihm dieses Fleisch andrehten, dachten sich, der erkennt das sowieso nicht. Ria wollte ihm die Blamage des Umtausches ersparen. Sie bereitete auch aus diesem Hasen ein wunderbares Weihnachtsmahl, es wurde eben am zweiten Tag auch noch davon gegessen.

Der Entschluss stand fest, Ria würde mit dem Kinderwagen nicht in dem kleinen Stadtpark rundumfahren bis sie einen Drehwurm hätte und das Kind nicht mit alten Blechdosen in dreckigen Wasserpfützen Fußball spielen. Darin waren sie sich einig, dieses Kind soll auf dem Land aufwachsen. Der kleine Stropp sollte Regenwürmer aus dem Boden ziehen, Gras unter seinen kleinen Füßchen spüren, Erde und Sand schmecken, Wiesenblumen pflücken und Bäume klettern dürfen. Diese Vorstellung vom „eigenen Kind-Sein", veranlasste die beiden, aus der Großstadt am Rhein in den „Unteren Südlichen Abschnitt" von Deutschland zu ziehen.

Die Vorbereitungen für den Umzug nach Bayern liefen auf Hochtouren.

Fred brauchte eine neue Arbeit und hat sich bereits beworben und entschieden. Seine Zusage machte er bei einer Küchenmöbelfabrik, die vom neuen Zuhause nur sechs Kilometer entfernt war. Ihm wurde zugesagt, dass der Umzug durch einen Firmenmöbelwagen kostenlos vonstatten gehen würde. Zum Glück der beiden, denn in dem Kombibus, den sich Fred vorgestellt hatte, hätten sie nicht ein Drittel von dem Haushaltskram untergebracht.

Trotz aller Umsicht bekam der kleine Mann einen Soor. Diese Pilzkrankheit fängt im Mund an und endet am Darmausgang. Mit ein paar richtigen Tröpfchen ist es schnell wieder vorbei. Auf dem Land hätte Ria den Hausarzt angerufen und dieser wäre zum Hausbesuch gekommen. In Köln musste sie das Kind in die Praxis schleppen, bekam zwar eine Kabine, nur wurde ihr nicht gesagt, dass in dieser sich vorher ein Keuchhustenkind befand. Es hatte Folgen und ihr Vertrauen in die „Götter in Weiß" erschütterte sich mächtig.

Es war jetzt an der Zeit, sich von allen Freunden, Kollegen und Chefs zu verabschieden.

Ein Außendienstbeamter, der in Rias Büro stets Zigaretten rauchte, die nach Kamelmist stanken, meinte:

„Warum ziehen Sie denn in den Bayrischen Wald?"

„Kennen Sie den Bayrischen Wald, ich war noch nicht da
und weiß gar nicht wie er aussieht", forderte Ria ihn heraus.
„Für uns ist alles Bayrischer-Wald, was unter der Weiß-
wurstlinie liegt."

„Dann kennen Sie auch nicht Ober- oder Niederbayern?
Ich ziehe nach Oberbayern, weil ich ein Bayer bin", klärte
ihn Ria selbstbewusst auf. „Es war schon interessant, wie
Sie über den „Kamerad Schnürschuh" gelästert und ge-
schimpft haben, dass es im Urlaub nur wieder Salat ohne
Sahne gäbe und sonst wäre einiges im Argen. Dass die
meisten von hier nur dahin fahren weil sie keinen Hosen-
knopf in der Tasche haben und möglichst alles umsonst
haben wollen, davon sagten Sie nichts. Jedoch nichts desto
trotz, ich bedanke mich für ihre freundliche Zusammenar-
beit und wünsche ihnen eine gute Zeit."
Dem Herrn fiel die Kinnlade auf den Schreibtisch, er
brachte sie lange nicht mehr zu.

Die anderen Abschiedsfeiern verliefen wunderbar. Ria und
Fred wurden mit Geschenken überhäuft und man versprach sich, mindestens einmal im Jahr nach Köln zu
kommen.

Silvester feierte die kleine Familie bei Rias Arbeitskollegin
und Freundin Helga aus dem Schreibzimmer.

Fred besorgte noch in einer Flasche Weihwasser aus dem
Kölner Dom, in dem er als Jugendlicher bei der Messe

dienen durfte, womit der kleine Mann getauft werden sollte.

Mit einem tränenden und einem lachenden Auge ging es auf die Reise. Sie fuhren mit dem Auto voraus und der Möbelwagen hinter ihnen her.

Kölle auf Wiedersehen!!!!!

In Greding wurden die Windeln bei Sohnemann gewechselt und ein Fläschchen gegeben und bald ging es weiter. Sie wurden schon nervös, sie haben schon zwei Drittel des Weges geschafft.

Am Nachmittag kamen sie mit Sack und Pack in ihrer neuen Heimat an.
Die ganze Familie freute sich auf ihr Kommen. Holger, wie das Superbaby getauft werden sollte, wurde seiner Familie vorgestellt und sofort integriert. Wolfgang, sein Cousin, beäugte ihn misstrauisch, nahm die Hand seiner Mutter und flüsterte, „der ist doch gar nicht schwarz wie ihr immer gesagt habt, das ist doch kein Neger".
„Wir haben nicht seine Hautfarbe gemeint, sondern seine Haarfarbe und die ist tiefschwarz, wie du siehst" - herzte Rias Schwester ihren Sohn.
„Wir hätten ihn auch mit einer schwarzen Hautfarbe genommen", schwärmte die siebenjährige Cousine Fuzzi.
Ria nimmt Holger auf den Arm und stellt ihm seine Familie vor. „Nachdem die Kölner Großeltern nicht mehr leben, bekommst du hier eine Oma, einen Opa, Tante

Gerda, Onkel Rudi, der dein Taufpate wird, deine Cousine Gerda, die Fuzzi gerufen wird wegen ihrer quirligen Art, mit sieben Jahren und den Cousin Wolfgang, mit drei Jahren.

Oma und Opa, die noch beide berufstätig waren, lebten mit Ria, Fred und Holger im Haus, Gerda und Rudi wohnen neben an und bauen sich gerade ein neues Heim.

Bei Holger ist der Keuchhusten ausgebrochen, an dem er sich mit sechs Wochen in einer Arztpraxis angesteckt hatte. Durch die TBC-Impfung, die er mit drei Tagen erhalten hatte, konnte dieser Husten nicht heraus, der eigentlich nur hundert Tage dauern würde, so kamen des Nachts und am Tag oft sehr bedenkliche Erstickungsanfälle, bei denen oft ein Arzt dabei sein musste. In diesem Fall dankt Ria dem Hausarzt ihrer Eltern besonders, er war sofort zur Stelle, auch am Sonntag. Nur was der Arzt dem Kind verabreichte bekamen die Eltern nicht zu sehen. Das Kind wurde im Babyalter schon mit einer Menge Medikamenten vollgestopft, bis der kleine Körper streikte. Er wehrte sich sogar so sehr, dass er nicht einmal mehr bei den süßesten, nach Eisschokolade schmeckenden Tropfen den Mund aufsperrte.
Ria musste umdenken. Beim ersten Hustenbeller, den sie nachts hörte, rannte sie sofort in die Küche, holte eine dicke Zwiebel, die in Scheiben gehobelt wurde und mit einem Löffel Schweinefett angebräunt, auf Küchenpapier bis zur Handwärme abgekühlt und eingepackt auf das kleine Brüstchen gelegt wurde. Beim Aufwachen war der

93

Husten weg. Den Zwiebelgeruch konnte dann die Wasch-
maschine wieder entfernen.

An Tagen mit trockenem Wetter fuhr Ria den kleinen
Wonneproppen in den nahe gelegenen Wald und ließ ihn
dort schlafen. Beim Anblick der ersten Bäume fielen die
süßen Augen zu und er war in den Träumen. Sehr lange
dauerte dies meist nicht, denn es kam wieder ein Flieger
der Bundeswehr und das Idyll war vorbei. Wichtig war auf
alle Fälle für die Heilung des Kindes, die volle drei Jahre
dauerte, die Waldluft.

Das besondere Paket

Auf keinen Fall hätten Ria und Fred geglaubt, dass sie die Trennung von der alten Welt so treffen würde. Sie saßen plötzlich vollkommen abgeschnitten und isoliert auf dem Land. Ria war nur noch Hausfrau und Mutter und Fred in einer fremden Welt. Sogar die Sprache und das Weißwurst essen musste er erlernen. Das Heimweh nach Köln plagte einmal sie, dann wieder ihn, es fehlten einfach die Freunde und das heitere Leben. Die Schwüre des baldigen Besuchens verblassten sehr schnell, mit einem Kleinkind wäre das sehr umständlich geworden, auch das Geld fehlte. Also es ging nicht mehr, mal schnell an der Ecke ein Bierchen trinken und Freunde treffen. Der Zeitpunkt ihres Umzugs lag auch noch mitten im Karneval, den sie so liebten, er war das Salz in ihrer Alltagssuppe. Freude, Tanzen, Freiheit, das war ihr Motto. An Rosenmontag lagen sich beide in den Armen und heulten während der Zugübertragung vor dem Fernseher. Es war ein fürchterliches Dilemma.

Beiden wurde bewusst, dass sie in der Fremde ankommen müssen, es gab kein Zurück mehr.
Der erste Schritt in einer solchen Situation ist ein Sportverein. Sofort gründeten sie mit zehn Bekannten einen Skiclub, der ihnen einen neuen Freundeskreis brachte und das Leben mit Sport bereicherte.

Anfang März, an einem Samstag, kam mit der Morgenpost ein ganz normal aussehendes Paket in braunem Packpapier und verschnürt mit derber Doppelschnur. Es unterschied sich in nichts von den anderen Paketen, die der Postbote dabei hatte. Es kam von Eika, einer Freundin der beiden. Ria drehte es nach rechts, dann nach links, betrachtete es von oben und unten, was könnte es beinhalten? Es war ziemlich schwer und sie überreichte es ihrem Mann, der es auch so neugierig hin und her wälzte. Voller Spannung fing Fred an, die Schnur zu lösen, den ersten Knoten, den zweiten Knoten und so weiter. Es war gut verschnürt und die Schnur war noch zu gebrauchen, deshalb wickelten sie diese feinsäuberlich auf und legten sie weg. Nun an das Papier, das war auch noch verwendbar und wurde gefaltet. Einen Ratsch mit der Schere über den Tesafilm und der Deckel konnte geöffnet werden. Über dem Inhalt lag noch eine Lage Papier. Beim Hochheben blitzten schon Mimosen mit Tulpen, also Sträußchen heraus, darunter Pralinen und Schokolade von jeder Karnevalsgesellschaft und Kamelle! Ihre Münder standen offen und ihre Augen weiteten sich und wurden immer größer. Beim Entleeren des Paketes kamen sogar ein Damenorden und ein Herrenorden vom Kölner Hänneschen-Theater zum Vorschein. Das Staunen hatte keine Grenzen mehr und schlug in Freude über, sie hüpften und tanzten um den Tisch, welche Überraschung!

Ihre Freunde haben an sie gedacht, für sie Kamelle gesammelt und zugesandt. Es heißt doch immer so schön: "Aus den Augen, aus dem Sinn", das war hier nicht eingetroffen.

Die schlimmste Zeit, der Karneval war vorüber.

Ria und Fred machten einen Ausflug nach Zell am See und standen vor der Schmittenhöhe. Fred deutete nach oben, zeigte Ria die Skifahrer und meinte: „So wie die da Skifahren, das möchte ich auch können."

„Da hast du jetzt den richtigen Zeitpunkt erwischt, wir gehen in ein Sportgeschäft und kaufen uns eine Ausrüstung. Jetzt kosten die nur noch die Hälfte, die Saison ist bald vorbei."

Beide rüsteten sich mit Skianzug, -Schuhen, -Brille und Skiern aus. Zu Hause wurden am Hang die ersten Übungen gemacht. Entsetzt stellte Fred fest, dass das nicht so einfach geht, die Bögen im Schnee zu machen.

„Sind wir blöde, den schönsten Urlaub hätten wir bekommen für das Geld", rief er vom Tal nach oben.

„Es ist eben noch kein Meister vom Himmel gefallen", gab Ria zurück.

„Wir melden uns morgen zu einem Skikurs an, bleibt es dabei?"

„Ja!"

Am Wochenende war es soweit. Unser Skiclub hatte noch keine Übungsleiter, so musste auf einen externen Skilehrer ausgewichen werden. Er kam von Landshut und versuchte uns das Skifahren so zu lernen, dass wir aus eigener Kraft am Abend den Berg hinunterkamen. Der erste Austragungsort war die Winkelmoosalm. Ein herrlicher verschneiter Wintertraum. Im Bus sagte eine korpulentere Dame zu Ria: „Ich kann gar nicht sagen, welche Angst ich davor habe."

„Wenn du schon so eine Angst hast, dann kannst du es doch nie lernen, Angst ist der schlechteste Begleiter, warum tust du es dann?"

„Mein Mann will, dass ich das Skifahren lerne."

Die Aufregung ließ nicht zu, dass Ria sich länger mit der unglücklichen Frau beschäftigte. Sie stiegen aus dem Bus und schnallten die Ski an. Vor ihnen lag ein kleiner Übungsbuckel mit einem Tellerlift, der einzige, der dort vorhanden war, den Aufstieg zu üben. Für unsportliche Menschen ist es nicht ganz einfach um den Teller zwischen die Beine zu klemmen, am Po zu platzieren und sich nur von diesem weiterziehen zu lassen.

Marianne, so hieß die ängstliche Dame, stieg auch aus, schnallte die Skier fest, ließ sich in den Schnee fallen und war zu nichts mehr zu bewegen. Es konnte sie keiner hochheben, noch konnte sie selbst aufstehen. Vielleicht rettete ihr dies das Leben. Ria bekam nicht mehr mit, wie es mit Marianne ausging, dafür waren die Übungsleiter da. Sie übte den Tellerlift und war froh, dass es bei ihr so gut klappte.
Als nächstes kam der Schlepplift, am gegenüberliegenden

Hang. Dabei kam es darauf an, das ungefähre Eigenge-
wicht durch den Bügelpartner zu ersetzen. Fred war einige
Kilo schwerer als Ria, so zog er sie immer auf seine Seite.
Dies war eine Übung für Geduld und Ausdauer.
Der Hang war sehr lange und ziemlich flach. Für die
Schneepflugübung ideal. Die Skispitzen zusammen und je
nach Gewichtverlagerung auf den jeweiligen Ski fuhr man
die Bogen nach rechts oder links. An diesen Hängen konnte man von ungeübt bis zu geübt aufbauen. Am Nachmittag zum Kaffeetrinken ging der Schneepflug schon ganz
gut, der war unbedingt notwendig für die Straßenabfahrt.
Ist der Mut auch groß genug für das schlimmste Stück, die
Seegatterlabfahrt? Nur eine verschneite, vereiste Straße
und links - tiefunten einen rauschenden Bach, durch
nichts gesichert.
Also noch einige Übungen bis zur gefürchteten Abfahrt.

„Machen wir es oder machen wir es nicht?", war die Frage
an Ria.

„Wir riskieren es, lass es langsam angehen!", rief sie Fred
zu.

Beide stellten ihre Skier aus und rutschten die Straße hinunter. Alle paar Meter eine Biegung. Weiter, weiter ....

„Nur nicht nach links sehen, da rauscht der Bach".

„Schau auf die Straße und uns fehlt nichts, wir schaffen
es!"

Endlich wurde es flacher und die Skier liefen dem Ende zu. „Wir haben das Schlimmste vom Skifahren geschafft und jetzt machen wir weiter!", bestimmte Fred.

Der nächste Kurstag in Lenggries war tagsüber unauffällig. Tal- und Bergskibelastungen, Stockeinsatz usw. wurden ihnen beigebracht. Nur abends die Abfahrt und der letzte Hang waren so vereist, dass man nur auf allen Vieren abrutschen und in eine gegenüberliegende Eiswand knallen konnte. Lenggries war für die beiden seit diesem Tag gestorben.

Auch in Bergen fanden einige Übungen statt, keine gespurte Piste, es standen Steine aus dem Schnee und es war nicht einfach. Dieser Skilehrer machte sie mit allem bekannt. Beim Überfahren eines Felsens zog Ria ihre neuen Skier aus und trug sie hinüber, da meinte der Skilehrer: „Solange ich Schüler dabei habe, die ihre Skier ausziehen, kann ich aufhören." Diesen Satz hat Ria überhört und sich gedacht, du kannst mich mal.

Ria hat ihre nagelneuen Skier gerettet und brauchte zukünftig nicht mehr über Felsen kratzen.

Holger war in der Zeit des Kurses bei Oma und Tante Gerda untergebracht. Mit Wolfgang und Fuzzi übte er auch im Schnee zu Hause mit seinen kleinen Rutscherln.
Ria beobachtete, dass ihr Sohn beim Hinfallen die Hände nach oben streckte und brüllte. ‚Das wird nie ein Skifahrer' war ihr Gedanke.

Doch sage niemals nie!

Die Jahre vergingen in ihrer neuen Heimat. Holger wurde
so richtig gesund als er im Dreck buddeln konnte. Er stand
im Graben und baute Dämme, seine Freunde sahen ihm
zu. Auf dem nahegelegenen Bauernhof lernte er mit Tieren
umzugehen. Der große Bernhardiner Prince hat es ihm
besonders angetan. Als Hundehütte hatte dieser einen
großen Raum in einem Schupfen. Sein Schlupfloch war
auch entsprechend groß, so dass die Kinder auch zu ihm in
die Hütte konnten.
Bei Holger hat Ria auf einmal kleine rote Flecken an den
Armen festgestellt und ging zum Arzt. Aufgeregt meinte
dieser, halten sie das Kind vom Kindergarten fern, das
könnten Windpocken sein. Nach ein paar Tagen waren sie
wieder weg. Zwei Wochen später tauchten schon wieder
die gleichen Flecken auf. Ria konnte das Kind doch nicht
laufend wegen Windpocken vom Kindergarten zu Hause
lassen. Diese Krankheit taucht doch nicht in einem
Rhythmus von Wochen auf, wenn man sie hatte, ist sie
weg. Eine nähere Untersuchung hat ergeben, dass es Floh-
bisse von Prince waren.

Bei einem Fahrradhändler entdeckte Ria ein kleines Fahrrad, genau die Größe für ihren Sohn. Stützräder brauchte
er nicht, er erlernte das Fahren so schnell, dass Fred ganz
überrascht fragte, „Wer ist denn da gerade an unserer Garage vorbeigefahren, war das Holger?"
Ja, er war es, und von diesem Augenblick konnte er flitzen
wie er wollte.

„Ich danke euch, dass ihr mit mir hier hingezogen seid, danke, danke..." rief er, während er an Ria vorbeifuhr.

Für Kinder war das kleine Dorf ein Paradies. Sie konnten sich draußen bewegen und spielen, auf Bauernhöfen rumlaufen, auf dem Trecker mitfahren und die Kräfte messen bei Arbeiten, die sie sich aussuchten.
Fred besorgte bei einem Autohändler einen alten Motor, den sie zerlegten und wieder zusammenbauten. Ein Anhänger für sein Fahrrad wurde gebaut, und das könnten wir gebrauchen, und diese Räder könnten wir für das benutzen, Fred und Holger hatten unendlich viele Pläne für etwas zu bauen. Als Vater war Fred sehr liebevoll aber auch streng.

Stadtbesuche wie München , Köln oder Wien zählten nicht. Holger fragte jeden Tag, „Kommen wir bevor es dunkel wird noch nach Hause?" Wenn nicht, schaute er in den Treppenhäusern aus den Fenstern und stellte entsetzt fest: „Mama, die haben ja gar keinen Hof, wo spielen denn hier die Kinder?"

„Die Stadtkinder müssen auf einen Spielplatz zum Spielen, sehen wir uns einen an?"
„Nein, wann kommen wir denn endlich wieder nach Hause, Mama?"

Für Holger war es wichtig, sich zu Hause auf das Fahrrad zu schwingen, seine Runde zu drehen und nachzusehen ob noch alles da ist, wo es war.

Im Sommer fiel Fred ein, wir könnten doch das Zelt ausprobieren und ans Meer fahren. Es brachte ihn wohl sein Arbeitskollege, dessen Frau aus Kroatien stammte, auf diese Idee. Die schnellste Route ging über Österreich, den Loiblpass, nach Kroatien. In Klagenfurt wurde das Minimundus besichtigt, alle sehenswürdigen Bauwerke Europas in Miniatur und wir übernachteten dort. Am besten wir fahren nach Istrien, denn sollte mit dem Kind etwas sein, Krankheit oder Unfall, wäre Ria schnell in Österreich bei einem Arzt. Auf eine Insel würde sie mit dem vierjährigen Kind auf keinen Fall gehen. Bei einer Bora könnte man von dort drei Tage lang nicht weg.

„Noch eines möchte ich dir sagen, lieber Fred, du weißt, was ich für ein Gegner von Campen bin. Sollte es einmal länger regnen, gebe ich dir drei Tage und ich bin mit dem Kind in einem Hotel!"

„Gut abgemacht, wir sehen uns das wenigstens einmal an."

Zwei Tage waren sie dahin unterwegs, drei verschiedene Devisen hatten sie im Geldbeutel, denn Fred fuhr keine Autobahn, die konnten sie sich nur von unten anschauen. Endlich angekommen, nachdem Ria auf sämtlichen Camping Plätzen die Toiletten inspirierte, ob ihr schon von weitem Gestank entgegen kam, bekamen sie auf dem Platz Olivia, nahe der Rezeption einen Stellplatz zwischen zwei Olivenbäumen. Sogar ein nagelneues Wasch- und Toilettengebäude stand nicht weit weg. Beim Zeltaufstellen beobachteten die Nachbarn alles genau. Bringt er es fertig, das Zelt alleine aufzustellen oder braucht er Hilfe. Ein Nachbar stellte fest, dass Fred nur einen Gummihammer hatte wie man ihn in Holland oder Italien brauchte.

„Also mit diesem Hammer kommen Sie aber nicht weit, hier haben Sie einen Eisenhammer, dat sind doch alles Felsen", war die Hilfeleistung dieses Nachbarn.
Und schon hatte man Kontakt. Diese Familie, zwei Erwachsene, zwei Kinder, kamen aus dem Bergischen Land. Beim Zurückbringen des Hammers wurde dann ein Bier getrunken als Dankeschön für das Leihen. Schon kannte man die Ersten und Holger hatte schon Spielkameraden.

Das Kind fand das unglaublich schön, dass seine Eltern mit ihm in so einer beschaulichen Behausung wohnten. Es war ein Steilwandzelt mit einem kleinen Dach, das man ausstellen konnte und bei Regen geschützt war. Abends lag Ria mit Holger im Zelt, es wurde gelesen. Der gestiefelte Kater war gerade auf einem Fest und es wurden Fasane, Hasen und die herrlichsten Gerichte aufgetragen, so dass die beiden unbändigen Hunger bekamen.

„Mama hast du auch so einen Hunger wie ich?"
„Ja wenn man da keinen Hunger bekäme, ich habe zwar keine Hasen und Fasane, aber wir können uns Spiegeleier braten, das wäre doch auch etwas, uns hält doch keiner davon ab."
Flugs die Pfanne heraus, Fett rein, wieviel wollen wir denn?
So gut hatten die Spiegeleier abends um zehn Uhr noch nie geschmeckt.

Morgens turnte Holger auf den Olivenbäumchen herum, die genau die richtige Größe für ihn hatten. Der Fußballplatz war gleich nebenan zum Spielen. Das Klima fühlte sich traumhaft an, nicht zu heiß, mit einem lauen Wind. Es passte alles, was uns einen guten Schlaf bescherte.

„Wunderschönes Rabac!!!"

Am dritten Tag donnerte es bedenklich, ein Gewitter zog auf und es regnete aus Eimern. Ria sieht, dass der englische Nachbar zu schöpfen begann. Er stand barfuß und in kurzen Hosen im Zelt und schöpfte Wasser. Ria holte gleich Fred und befahl ihm, dem englischen Nachbarn zu helfen. Ihr baut die Leinen los und hebt das Zelt dort auf die Anhöhe, da kann nichts mehr passieren.
„Ich mache, während ihr arbeitet einen Grog aus dem Stroh-Rum, den wir aus Österreich mitgebracht haben!"

Es war egal wie nass sie alle waren, sie waren glücklich. Melvin und Sandra waren auf der kleinen Anhöhe gerettet und ihre Sachen sind schnell getrocknet. Schon hatten Ria und Fred eine Freundschaft, die viele, viele Jahre dauern sollte.

Ria gefiel das Campen immer mehr. Es regnete nicht Tage wie bei uns in Deutschland, sondern nur kurz aber kräftig. Der Boden war so warm, dass wir barfuß durch den Schlamm am Straßenrand waten konnten. Der Baaz quetschte sich durch die Zehen und fühlte sich nach Kindheit an, wie schön!

Nach dem Gewitter schien sofort wieder die Sonne. Holger besah sich mit Mama die große Badewanne, das Meer, er traute sich nicht rein, sondern streckte nur die Zehen ins Wasser. Ria nahm ihn auf den Arm und kuschelte den kleinen Schatz in ihre Arme und an die Brust. Erst erschien es dem kleinen Frosch sehr kalt und er drückte sich noch näher an seine Mutter, dann auf einmal löste er sich und versuchte ins Wasser zu hüpfen.

„Das können wir nur, wenn du deine Püfferchen an hast" , ermahnte ihn Ria.

„Morgen gehen wir wieder hier hin und versuchen es von neuem."

Holger erlernte das Schwimmen im Meer, das zwar anfangs salzig schmeckte, aber viel Spaß machte.

Der Steinstrand war so interessant, er konnte Häfen bauen, in denen er selbst gebastelte Schiffe fahren ließ, das Wasser umleitete und neue Häfen baute, der perfekteste Spielplatz.
Das Wasser war so klar, dass er im Beisein seiner Mutter auf der Luftmatratze lag und die Fische mit Taucherbrille und Schnorchel beobachtete. Ein wunderbares Erlebnis.

Beim Einkauf stellte Ria fest, dass die Kartoffeln, die Tomaten, der Salat, die Bohnen, alles aus der Region war. Die runden Gärten im roten Boden und in den Vertiefungen, gefielen ihr.

‚Wie bei uns nach dem Krieg', dachte sie und konnte sich nur noch begeistern.

Dieser Urlaub war ein Volltreffer. Ria und Fred hatten es probiert und haben sich ihre eigene Meinung gebildet.

„Nächstes Jahr kommen wir wieder!"

Die Ferien waren meist zu Ende, wenn sich bei uns in Deutschland die ersten Schleier des Nebels über das Land legten.

Die letzte Gartenernte wurde eingebracht und die graue Zeit fiel über die Natur.

Und alle warteten auf den ersten Schnee.

Ria holte langsam die Wintersachen und warmen Mäntel aus ihren Sommerquartieren.

Mittlerweile war der Skiclub so gut, dass viele Übungsleiter zur Verfügung standen und sogar Fred war bald ein beliebter Skilehrer. Er zog mit den kleinen Zwergen von fünf bis sieben Jahren die noch langsamen Bögen im Schnee. Zum Mittagessen ging es gemeinsam in die Hütte. Wo Fred fragte, „Was wollt ihr denn Essen?"

„Pommes mit Ketschup und Cola", der nächste, „Pommes mit Ketschup und Cola", „Also sieben Mal Pommes mit Ketschup und Cola?" Berni, der Kleinste, bei dem unter dem Helm je zwei Ärmchen und Beinchen heraus lugten, sagte selbstbewusst, „Ich kriege eine Schweinshaxe und Cola."

„Aber Berni, meinte Fred, eine Schweinshaxe?"

„Ja meine Mama hat gesagt, ich soll was Gescheites essen".

„Willst du das denn auch essen?", fragte Fred noch einmal nach.

„Nein, ich möchte eigentlich auch Pommes mit Ketschup und Cola, aber der Mama sagen wir, ich hätte was Gescheites gegessen."

„Gut das machen wir", stimmte ihm Fred bei.

Die Kinder waren glücklich über ihre Leistungen und beschenkten Fred mit kleinen Herzen und Süßigkeiten. Nur Holger machte seinen Skikurs nicht bei Fred, sondern bei Barbara.
„Ihr beide könnt eure Bogen, und ich lerne sie bei der Barbara!", rief er seinen Eltern zu.

Keine einfache Situation, er wollte unbedingt schon nach dem ersten Kurs mit Fred auf den Berg.

„Bitte Papa, nimm mich doch ein einziges Mal mit dem großen Lift mit", bettelte er.

„Also dann tu was ich dir sage, wir probieren es." Das kleine Männchen und das Gewicht von Fred auf der anderen

Seite im Schlepplift erforderte einige Ausgleicharbeit. Gut angekommen da war der Stolz und Eifer des Anfängers nicht zu bremsen.

„Danke Papa!"

„Du bist noch nicht geübt genug, dass du alleine da runter kommst, du musst schon bei mir bleiben", war die Mahnung.
Diese Vorsichtsmaßnahme interessierte nicht mehr, es wurde eine Schussfahrt gemacht, die dann am Baum endete. Ihm ist „Gott sei Dank" nichts geschehen, aber der linke Ski war gebrochen. Es war endlich der Wind aus den Segeln genommen.

„Papa wird's schon richten", was er auch tat. Er konnte im Sportgeschäft einen einzelnen Ski bestellen und das Paar wieder komplettieren.

Nach dem zweiten Skikurs fuhr Holger bereits in der Rennmannschaft und zeigte Ria wie man am Lift viel schneller zum Einstieg kam.
„Du darfst dich nie in der Mitte anstellen, sondern am Rand, da kannst du am besten an den anderen vorbei rutschen!"
Nur die Menschen in der Mitte sind auch nicht doof, die sahen uns am Rand vorbei huschen und meckerten. Es nutzte nichts, denn in dem Skigewirr beim Anstellen, konnte man nicht raus. Der eine tritt dem anderen vorne auf die Spitzen, der nächste fährt hinten über die Ski und

klemmt dich ein. Es ist nur ein Ziehen und sich befreien.
Holger hatte Recht und Ria hat etwas gelernt.

Ab diesem Zeitpunkt fuhr die kleine Familie von November bis März fast jedes Wochenende Ski.
Holger fuhr bei jedem Rennen auf den zweiten Platz. Es war eigentlich eine Gewichtsentscheidung, denn Tom war ein bisschen schwerer und fuhr auf die ersten Plätze, Holger hatte die zweiten Plätze und Oli, der etwas schlanker war als Holger, wurde Dritter.

„Oli nahm sich einmal Holger zur Seite und meinte, könntest du nicht einmal mit mir tauschen, dauernd habe ich Bronze und den dritten Platz, ich hätte auch gerne einmal Silber und den zweiten Platz."

Das Warten auf die Siegerehrungen war das Langweiligste.

Die Jungs spielten unter sich.
Fred sprang hoch und fauchte Ria an: „Was haben die denn da zum Spielen?"

„Lass sie doch laufen, die rennen doch nur rum."

„Du bist doch das Letzte, weißt du, was die da haben? Die haben sich Präservative herausgelassen und sie aufgeblasen."

Fred fing einen Ballon und versuchte ihn mit dem Skistock zu durchlöchern, es gelang ihm beim besten Willen nicht, zum Spaß der Kinder, es war eben Qualität.

Das Leben in Bayern ging in der gewohnten Weise weiter, wir hatten einen heiteren Alltag. Holger spielte mit Gerda und Wolfgang, was ihm viel Spaß machte. Auch Manuela, Gabriele, Peter, Chris, Reiner und Didi sind oft Gäste. Zu Holgers Geburtstag spielte ihnen Fred ein Kasperltheater vor, das er selbst gebaut hat. Auch im Kindergarten spielte Fred zur Faschingszeit sein Kasperltheater, das den Kindern viel Spaß machte.

Bis ein Lehrer in unsere Gegend kam, dem diese Spiele zu bayrisch waren, und schon nahm alles ein Ende. Die akademischen Kasperltheater bekamen Ria und Fred nicht mehr mit. Beide haben von der Person nichts Überwältigendes gehört, er ist jung gestorben. Für Ria waren diese Leute nur Gschaftelmacher. Dabei war in diesem Kindergarten zu dieser Zeit noch kein Telefon, dass die Betreuerinnen einen Arzt oder die Eltern holen konnten, wenn etwas passierte. Das Telefon gab es nur bei einer Nachbarin, zu der sie nicht laufen konnten, sie durften die Kinder nicht alleine lassen.

Bei einer Abholung hatte Holger eine herunterhängende Wange, die unbedingt genäht werden musste, er war auf einer Eisscholle ausrutscht und sich verletzt. Die jungen Kindergärtnerinnen konnten dies nicht richtig einschätzen, so wurden um ein Haar die vier Stunden zum Nähen der klaffenden Wunde übersehen und das Kind wäre für das ganze Leben entstellt gewesen.

Um den Missstand des fehlenden Telefons ausgleichen zu können, die Kirche hatte ja kein Geld und akademisch ging es auch nicht, veranstalteten die Eltern ein großes Kindergartenfest mit Grillstand, Los-, Spicker-, Dosenwurf- und Bildermalbude. Ria und ihr Schwager Rudi bastelten aus einem alten Wäscheschleudermotor eine Bilderschleudermaschine, an der jeder seine eigenen Bilder entstehen lassen konnte. Einen Karton in die Trommel gelegt, einige Tupfer Farbe darauf, einige Male rund geschleudert und fertig war das Bild. Für alle eine große Freude, mit einem selbst gemalten Bild nach Hause gehen zu können.

Nachmittags gab es Kaffee und Kuchen, Brotzeiten, Butterbrot mit Radi, Schnittlauch oder Geräuchertem und eine schöne Maß Bier dazu. Rundum, es war ein gelungenes Fest und das Telefon konnte installiert werden.

Holger ging sehr gerne in den Kindergarten – nur einmal brauchte er eine Auszeit von zwei Wochen. In dieser Zeit radelte er jeden Tag bis zum Umfallen. Ria wunderte sich, dass er nicht die Treppe zur Wohnung hoch kommt, er ist doch gerade die Tür hereingekommen und sah nach. Dann lag der Kleine, alle vier von sich gestreckt, hinter der Haustür und schlief. Er hatte gerade noch den ruhenden Pol erreicht.

Nach dieser Auszeit fing die Vorschule an. Im Jahr darauf wurde es schon langweilig, die Buchstaben und Ziffern bereiteten keine Hürde mehr und den Test für die Schule bestand er mit Bravour. Nur seine Kindergärtnerin riet Ria und Fred ab, ihn in die Schule zu schicken. Ein fataler Fehler, wie sich später herausstellen sollte.

Er quälte sich noch ein Jahr durch die Vorschule, bis er

sechseinhalb Jahre war.

Er liebte seine Lehrerin und die Lehrerin ihn. Sie brachte ihm bei, dass es nicht immer schön aussehen braucht, aber richtig muss es sein. All das erreichte Holger mit dem linken kleinen Finger. Die Eltern ermahnten zu sauberem Schreiben, und das müsste schöner sein und nicht so schlampig, sie hörten nur, die Lehrerin hat gesagt... Als er in der vierten Klasse allen erklärte, dass er ganz alleine auf das Gymnasium wechseln würde, waren alle überrascht.

Ria legte ihm keine Steine in den Weg und war sogar stolz auf ihn.

Er merkte bald, dass da ein anderer Wind wehte. Nach drei Jahren war die erste Ehrenrunde angesagt. Der Jüngling läutete die Nullbockphase ein. Der Matelehrer, der Sommer wie Winter mit gelben Socken in Sandalen in die Schule kam, war der Gelbfüßler. Der Englischlehrer - mit immer fettigen Haaren - war nicht fähig den Führerschein zu machen. Der Deutschlehrer mit vier Kindern war der Katzelmacher. Und der Kunstlehrer fragte bei einem Elternabend, ob wir nicht ein Bild vom Kind dabei hätten, er wüsste nicht, um welches Kind es ging. Ria hatte mit ihrem Sohn jeden Morgen Auseinandersetzungen wegen eines T-Shirts mit einem Totenkopf darauf.

„Du kannst doch mit diesem Aufzug nicht in die Schule gehen, die denken doch wir wären Asoziale!"

„Hast du eine Ahnung, das ist doch „In", der Lehrer bestellt doch aus meinem Katalog!"

Sie hatte das Gefühl, in diese Schule hätte sie auch nicht jeden Tag gehen können.

Ria meldete das Kind ab und in der Mittelschule an. Der Mathematiklehrer in dieser Schule betitelte ihn sofort als Faulpelz, dass er sich nur bei ihnen ausruhen wolle. Wie konnte er das beurteilen, er hatte ein so schlechtes Sehvermögen, dass er nur herum tappte und an die Tafel geführt werden musste. Die Englischlehrerin wollte ihn mit dem Mathematiklehrer durchfallen lassen weil er angeblich über einen krebskranken Schüler der verstarb etwas gesagt hätte. Nur was, konnte Ria nicht erfahren, sie wusste, dass Holger das nie gemacht hätte und sagte es ihr. Es war ein Komplott der Lehrer, gegen das sich ein Kind nicht wehren konnte.

Ria fragte die mit ihrer korpulenten Figur, den schlampig zusammengefassten grauschwarzen Haaren, in scheußlichem Tweed eingehüllte Frau, „Haben Sie auch Kinder?"

„Ja, einen Sohn, der geht mit ihrem in die Klasse und ist befreundet mit ihm."

„Waaas ?! , dann wissen Sie doch, was wir gerade mit diesen Jungen mitmachen und genau Sie wollen ihn wegen dieser ungerechten Verurteilung durchfallen lassen? Ria war entsetzt. Was haben Sie doch alle eine Macht über unsere Kinder und die Eltern!"

Es war Abwarten angesagt, wie sich die beiden verhalten würden.

Sie haben sich besonnen und ihn zwar nicht mit den besten Noten durchgelassen, aber er war durch. Gott sei Dank! Mit diesen Erfahrungen, Schule mir graut vor dir.

Bei dieser Gelegenheit muss Ria fragen, warum kann kein Lehrer mit dem gemeinen Volk reden und kommunizieren? , es würde allen helfen. Sie bleiben alle unter sich, nur ja kein Kontakt mit den Proletariern, kommt das noch aus dem Mittelalter wegen der Autorität?

Ria kann sich noch an einen Onkel erinnern, der in der Kirche Kniebeugen und Bücklinge veranstaltete, um seinem Erstgeborenen Sohn ein Theologiestudium zu ermöglichen. Er war ein armer Mann. Als sein Sohn seine Freundin kennen lernte, wollte er kein Priester mehr werden, aber das Studium war wenigstens da, dann wurde er eben Lehrer auf Kosten der Kirche. Der arme Onkel hat das nie überwunden.

Ihm wurde ein Zimmer für das Alter, im Neubau, den er ihnen finanzierte, versprochen, indem er ihnen Holz zum Bau und alles aus seinem eigenen Betrieb schenkte, so dass er selbst nur noch ärmlicher leben konnte.

Seine Studierten hatten alles, er bekam nicht das versprochene Zimmer mit Familienglück, sondern er musste ins Altersheim und hat sich jedes Mal geschämt, wenn er Besuch bekam.

Oktoberfest - Der Schwarzfahrer

Seit Jahren fährt Ludwig, ein gutmütiger Mensch im Aussehen Nikolauskonkurrenz, mit seinen Freunden, dem Fred und dem Ernst, auf das traditionelle Oktoberfest nach München. Sie sind drei gestandene Männer mittleren Alters aus dem bayerischen Geschäftsleben, deshalb hat jeder reichlich Bier- und Essensgutscheine in der Tasche. Pünktlich um achtuhrdreißig treffen sie sich fein herausgeputzt mit Lederhose, Trachtenjanker, Wadenstrümpfen und Haferlschuhen vor dem Kartenautomaten im Bahnhof. Sie ziehen sich ein Bayern-Ticket und können bis zu fünf Personen mit einer Karte fahren, sogar in der Münchner U-Bahn. "Guat schaun ma aus", sagt der Ludwig zu seinen Freunden, "da werdn die Madln Augen macha, hoffentlich treff ma eb's Saubers". Der Zug schleicht sich wie eine Schlange immer größer werdend in den Bahnhof und die Freude wird immer größer. Die Fahrt ist sehr lustig, die einen sind still, die anderen unterhalten sich lautstark und lachen, aber jeder ist in freudiger Erwartung, einen schönen Tag zu erleben, das ist zu spüren.

Die riesige, bienenhaussummende Bahnhofshalle in München empfängt sie mit internationalem regem Treiben, jeder eilt zu seinem Zug mit klappernden Koffern, die sie hinter sich her ziehen, die Anzeigentafeln blättern immer das Aktuelle nach vorne, andere trinken eilig stehend einen Kaffee, die eifrigen Verkoster bieten ihre Brötchen und Brezen und Kleingerichte feil. Die Freunde haben für all das keinen Blick. Zielstrebig eilen sie in die U-Bahn, die so voll ist, dass nur das Reindrücken ein Mitkommen sichert, aber eine Station geht das schon. An der Haltestelle Theresienwiese öffnen sich die Türen und die Menschenwelle schwappt mit der Rolltreppe hoch und landet auslaufend direkt auf der Wiesn. Ein Aufatmen und Staunen, der Welt größtes Spektakel liegt vor ihnen. Die neuesten Fahrgeschäfte sind größer und höher als das ohnehin schon überdimensionale traditionelle Riesenrad.

"Kemmt's, packmas an", treibt der Fred zum Weitergehen.
"Von wo habt's ihr eure Marken?
Ich muss in das Hofbräu-Zelt und in die Ochsenbraterei", tut Fred wichtig.

"Und du Ludwig, wo darfst du dich verwöhnen lassen?", meint Ernst.

"Ich gehe ins Augustiner-Zelt" nuschelt Ludwig, er lispelt ein bisschen.

"Also dann müssen wir uns trennen, und wann treffen wir uns wieder?
Wir sollten unbedingt zusammen wieder nach Hause fahren", hämmert Ernst, der das Ticket in der Tasche hat, den beiden ein. „Also bis später, um neunzehnuhrdreißig am Zug."

Ludwig sitzt selig beim Augustiner, in der Wirtebox, trinkt die erste Maß Bier und fieselt seinen Gickerl ab.
"Schmeckt narrisch guat", sagt er zu seinem Nachbarn, der eine Ochsenbrust verschlingt. Die Musikkapelle spielte

gerade "ein Prosit der Gemütlichkeit", sofort wird mit hochgehobenen Bierkrügen angestoßen, "Prost, Prost" und da immer einer am Trinken ist, der mit den anderen anstößt, ist die Maß bald leer. Die zweite schmeckt noch besser, die Unterhaltung ist gut, fesche Madln in Dirndln gekleidet, sitzen bei ihm am Tisch und es ist lustig. Der Nachmittag vergeht bei der dritten und vierten Maß und das Heimfahren rückt in weite Ferne. Ludwig hat noch keine Lust, aber um neunzehnuhrdreißig macht er sich auf den Weg zum Bahnhof. Seine Freunde trifft er nicht mehr. Erschöpft und müde bekommt er noch im nächsten Zug in einem Abteil einen Platz und schließt seine Augen. Die Tür wird aufgerissen und der Schaffner ruft: "Die Fahrkarten bitte!" Ludwig schreckt hoch und schaut dem Forderer mit reumütigen Dackelaugen ins Gesicht, "Sie müssen mir bitte glauben, wir sind zu dritt das erste Mal mit einem Bayern-Ticket auf die Festwiesn gefahren und wir haben uns verloren. Ich sag es ihnen ganz ehrlich, nach der vierten Maß Bier habe ich nicht mehr gewusst, wann der Zug geht", gibt Ludwig zu..

"Ja, dann sind Sie ja ein Schwarzfahrer, das kostet sie vierzig Mark" sagte der Zugbegleiter barsch zu ihm.

"Mir ist das so fürchterlich unangenehm, ich bin ein ehrbarer Mann", erwiderte Ludwig. "Mein Nachbar, der Hipp Heinrich, war früher auch auf dieser Strecke Zugbegleiter, der kann auch bezeugen, dass ich eine vertrauenswürdige Person bin," setzte Ludwig hinzu.

"Guter Mann, dein Nachbar ist schon zwei Jahre in Pension, den kann ich nicht mehr fragen", meinte der Schaffner. Ludwig schämte sich, alle Mitreisenden sahen zu ihnen herüber und spitzten die Ohren. Einige hörten auf zu lesen und die Situation wird immer unangenehmer.

Der Schaffner hat Erbarmen mit ihm und sagt: "Ich glaube Ihnen, sind Sie mit dem Fahrpreis als Strafe einverstanden?"

"Ja, danke, danke, danke", flüstert Ludwig, und die Steine die ihm vom Herzen fielen, konnte man hören.

Ludwig verließ sich nicht mehr auf seine Freunde, er kaufte sich von nun an die Fahrkarte selbst.

Ria wollte auch auf das Oktoberfest und putzte sich mit einem besonders schönen Dirndl heraus. Fred versprach ihr eine Fahrt auf dem Riesenrad, wo der Rundblick über München und das Wiesentreiben besonders schön und beschaulich ist. Es ist nur Geduld angesagt, bis man da drin sitzt. Sie hatten Glück, es war Föhn und man konnte sogar die Bergkette sehen. Eine sagenhafte Aussicht.

In der Gondel von Ria und Fred fuhr auch ein Vater mit seiner vierjährigen Tochter mit und erklärte ihr: „Schau, da sind die Berge, da hinten ist der alte Peter, da das Rathaus, dahinter die Theatinerkirche, da fängt Schwabing an, daneben ist der Englische Garten und davor die zwei Türme, das ist die Frauenkirche."

Die Kleine meinte dann, „Papa wo ist denn dann die Herrenkirche?"
„Die gibt es leider in München nicht" , musste ihr Vater

eingestehen.

Es war eine lustige Tour. Nach ein paar Schmankerln wollte Ria noch mit der Krinoline fahren, die einem früheren Reifenrock nachgebaut wurde, deshalb die Schwingungen und mit Original Blasmusik, ein tolles Erlebnis. Die anderen wilden Fahrgeschäfte interessierten nicht, sie wollte sich wieder an ihre Kindheit erinnern.

„So, jetzt könnten wir wieder nach Hause fahren, für morgen ist der Besuch von Maximilian angesagt. Maria, eine Freundin, möchte zum Friseur und weiß ihren zehnjährigen bei Ria gut aufgehoben."

„Heute darf ich den ganzen Nachmittag bei dir verbringen" - rief Maximilian schon von weitem zur Begrüßung.
„Das ist phantastisch, dann können wir etwas Aufregendes unternehmen."
Es war ein Herbsttag, der schöner nicht hätte sein können. Der herrliche Sonnenschein ließ das Laub an Nachbars Kirschbäumen gelbrot aufleuchten und verzauberte sie in eine Pracht, die zum Malen inspirierte. Maximilian und Ria schlenderten einen flachen Hohlweg hinauf, dem Wald entgegen und ließen die letzten Häuser des Dorfes hinter sich. Plötzlich knirschte es unter ihren Sohlen und sie entdeckten, dass ein riesiger Teppich von Eicheln vor ihnen lag. Eine Hand voll von ihnen steckten sie zum Basteln in ihre Hosentaschen.
„Was steht denn da für eine Hütte"?, wollte Maximilian wissen.

„Das ist das Bienenhaus vom Nachbarn Rudi, wollen wir einmal erleben, wie die fleißigen Insekten mit ihren vollen Pollenhöschen ankommen und entladen wieder wegfliegen?"

„Ja, das ist interessant, das habe ich noch nie gesehen, ich wohne doch in der Stadt, da kann man so etwas nicht sehen."

Nach vorsichtiger eingehender Inspektion hüpften die beiden die kleine Naturtreppe hinter der Bienenkarre hinunter und liefen in das vor ihnen ausgebreitete Tal mit sattem grünen Rasen. Schade, dass hier nicht mehr die Blumen blühen wie früher. Links und rechts dehnen sich kleine Birkenwäldchen aus, deren Kronen gelblich schimmern. Dieser Anblick, ein Bild für Götter. Am Waldrand fanden sie ein paar Birkenpilze, die Maximilian gleich in ein kleines Halstuch band, um sie seiner Mutter für eine Suppe nach Hause zu bringen.

„Hm, da freue ich mich darauf."

Sie liefen eine kleine Anhöhe mit langem Gras hinauf. Beim Eintauchen in den vor ihnen liegenden dunklen Wald kreischte ein Eichelhäher. Alle Waldbewohner waren gewarnt, Eindringlinge sind hier. Im ersten Moment war alles still, nach kurzer Zeit ging es weiter mit „Zilp Zalp, Zilp Zalp ..." und anderen Vogelstimmen.

„Hat hier im Wald ein Lastwagen Sand abgeladen?", freute sich Maximilian.

„Nein, das ist der älteste Fuchsbau in dieser Gegend, der besteht schon hundert Jahre und der Wald heißt auch Fuchsberg. Wenn er bewohnt ist, könnten wir Spuren lesen.“

Pst, leise pirschten sie sich an.

„Hier eine Schleifspur, Meister Reinecke hat bestimmt letzte Nacht Beute gemacht und schläft jetzt. Es kann aber auch ein Dachs sein, der nimmt gerne verlassene Höhlen als Behausung oder teilt sie mit einem Fuchs“, erklärte ihm Ria.

„Mann ist das spannend!“ - begeistert sich Maximilian.

Ria's kleiner Freund war ganz aufgeregt. „Was ist das für ein Kreuz und was sind das denn für Krater in der Erde? Darin kann ich mich ja verstecken“, rief er fünfzig Meter weiter.

Das ist eine besondere Geschichte, die Geschichte von der letzten Chance.

Die letzte Chance

„Habt ihr schon alles gepackt, was ihr mitnehmen wollt?", fragte Flugkapitän Künstle mit ernster Miene die Feiernden.

„Wir kommen bestimmt nicht mehr hierher", lachte seine Frau.

„Deshalb trinken wir den Russen den guten Alkohol einfach weg und hinterlassen ihnen leere Flaschen", sagte sie ihrem Mann ziemlich beschwipst.

Sie freuten sich, das bedrohliche Berlin endlich verlassen zu können. Marga Künstle, die lebenslustige junge Frau. feierte mit Freunden, Bekannten und Mitarbeitern ihres Mannes. Flugkapitän Künstle hatte die Verlegung der Lufthansa Direktion von Berlin-Tempelhof nach München vorzunehmen.

Die Angst vor der Roten Armee, die schon den Flughafen und abfliegende Maschinen beschoss, ließ ihnen den Abschied aus der Reichshauptstadt Berlin leicht fallen.

Der fünfzigjährige August Künstle durfte sich Flugkilometer-Millionär und Träger der goldenen Flugspange nennen. Er war der beste Flugkapitän, den die Gesellschaft angestellt hatte. Ein verantwortungsvoller, besonnener, vertrauenswürdiger, freundlicher Mann, hatte alles gepackt vor dem Flugzeug bereitstellten lassen, was aus dem Büro und seiner Wohnung unentbehrlich war. Sogar die Fahrräder von sich und seiner Frau Marga wanderten in den Flugzeugrumpf, er hatte an alles gedacht.

Es ist nichts Ungewöhnliches, bei solchen Flügen auch die eigene Frau, Mitarbeiter und Freunde, sogar Nachbarn mitzunehmen. Es war der letzte Flug aus Berlin-Tempelhof. Die Menschen im Flugzeug empfanden es unheimlich, dass sich ein hoher Nazibonze, der wichtige geheime Akten nach Spanien transportieren sollte, sich ebenfalls einen Platz gesichert hatte.

"Was tut der denn in diesem Flugzeug?", fragte Marga ihren Mann hinter vorgehaltener Hand.

„Der will von München aus nach Spanien, oder hast du den Mut ihm das zu verweigern?

„Habt ihr alles gut verankert?", fragte Künstle eine Stunde später seine fleißigen Helfer.

Ja, die Lebensmittel haben wir in die Schränkchen geschlichtet, damit sie schwer genug sind und nicht kippen", sagte sein Flugmaschinist Karl Kalz.

„Ich habe noch zwei Plätze frei, willst du nicht deine Frau und deine Tochter mitfliegen lassen? Du weißt, für Frauen wird es in Berlin besonders gefährlich, wenn die Soldaten kommen", warnte ihn der Kapitän.

„Ich muss meine Frau fragen, was sie dazu meint", schließlich geht es um sie.

Seine Tochter Leonie fing an zu weinen, während sie das Gespräch der Eltern mitverfolgte: „Mama, was mache ich denn mit Quirli, den kann ich auf keinen Fall hier lassen, die Soldaten erschießen ihn doch!"

„Ich spreche sofort mit dem Kapitän, auch Quirli wird noch einen Platz bekommen", beruhigte Herr Kalz seine

Tochter. Dann muss er eben auf deinem Schoß sitzen, es sind doch nur zwei Stunden. Eine Kiste können wir jetzt nicht mehr zimmern für ihn. Wohin sollen wir sie auch stellen? Dies ist sowieso ein besonderer Flug und das Flugzeug ist vollgepackt bis in die letzte Ritze".

„Ja, dann fliegen wir mit, es ist unsere letzte Chance aus Berlin wegzukommen", entschied Frau Kalz. „Bist du damit einverstanden, Karl?"

Sie umarmte ihren Mann herzlich und innig in dem Bewusstsein, dass eine Trennung in den Kriegswirren auch länger dauern konnte.

„Also nehmt nur das Nötigste mit und seid um neunzehn Uhr am Hangar zwei. Flugführer Künstle hatte den Abflug in die Dunkelheit verlegt, nachdem die erste Maschine am Vormittag beschossen wurde. Bis später!"

Die Tore des Hangar waren geöffnet, der Kapitän betrachtete mit Stolz die viermotorige Focke Wolf Condor, sie war das modernste und zuverlässigste Flugzeug. Er blickte auch in die schwarzen Wolken, die der Nord-West-Sturm über Berlin trieb. Seine Nase roch Schnee und Eis, letzteres könnte für Flugzeuge gefährlich werden, Gott steh uns bei.

Pünktlich um zwanzig Uhr startete Kapitän Künstle seine Maschine und kam ohne Beschuss vom Rollfeld. Im Flugzeug befanden sich vierundzwanzig Passagiere. Die junge Frau Burkhart, das Kind Leonie, Frau Kalz, eine Stuardess, die letzten Mitarbeiter der Flugdirektion. sowie ein Nazibonze; ein Hund, den Leonie ganz hinten im Heck auf ihrem Schoß festhielt, dazu Unmengen Büroakten, Lebensmittel, kleinere Utensilien aus Büro und Wohnung des Ehepaares Künstle, auch deren Fahrräder.

Gegen zweiundzwanzig Uhr flog Kapitän Künstle den Flughafen München von der nördlichen Richtung an, musste beim Sinkflug jedoch feststellen, eine Landung ist wegen des schlechten Wetters, Gewitter, Graupelschauer und der nichtgeräumten Landebahn unmöglich. Er zog die Maschine hoch und drehte auf eine südöstliche Schleife ab. Der Raum Rosenheim, Mühldorf, und München wurde an diesem Tag von Flugzeugen der Allierten schwer attackiert. Die Luftabwehr war mit Sicherheit noch überall auf ihren Posten. Durch das schlechte Wetter konnte nicht unterschieden werden, ob es sich um eine Privatmaschine oder einen Bombenträger handelte.

Kurze Zeit später, etwa über dem Raum Mühldorf, sprang Frau Künstle erschrocken hoch: „Schatz, schau bitte nach links, der äußere Motor brennt!" und schlug die Hände vor das Gesicht vor Angst.

Die Passagiere erkannten die Gefahr und fingen an zu schreien: Wir stürzen ab!, wir stürzen ab! Alle waren kreidebleich im Gesicht vor Schreck. Die einen wurden still und schlossen mit ihrem Leben ab, einige weinten und beteten, andere schrien entsetzlich weiter.

„Sorge du, dass alles ruhig wird, alle sollen die Köpfe nach unten an die Lehne vor ihnen legen. Ich versuche auf der nächsten größeren Wiese eine Notlandung", gab Künstle ruhig die Anweisung. Das Flugzeug brummte laut und bedrohlich, hell erleuchtet wie ein Feuerschweif am dunklen, mit Schneegestöber verhangenen, Himmel dahin. Eine Orientierung war unmöglich. Es waren Fichtenwipfel, die wie ein Dom nach oben ragten, als der linke Motor explodierte und zwei Meter Tragflügel abfielen. Künstle kämpfte weiter, zog die Maschine noch einmal hoch, um über die Wipfel zu kommen, die er zu streifen drohte, die Wiese auf der er notlanden wollte, lag gleich dahinter. Doch dann kippte die Maschine nach vorne und die mit aller Energie geladenen Motoren fressen sich senkrecht bis zum Cockpit in den Waldboden, mit einer Wucht, dass das Heck nach vorne knickte. Die fürchterlichen kreischenden Schreie verstummten und Totenstille ließ nur noch dem Knistern, Prusten und Fauchen der ungeheuren Feuersbrunst Raum.

Achthundert Meter weiter öffnete die Mutter von Ria die Haustür, um nach dem Vieh zu sehen, das ungewöhnlich unruhig war. Könnte es das Flugzeug gewesen sein, das vorher so bedrohlich gebrummt hat, fragt sie sich. In diesem Moment drängt sich ein quirliger weiß-schwarzer Hund knurrend in den Flur.
„Ja, wo kommst denn du her, jetzt in der Nacht, bei diesem Sauwetter. Du bist ja ganz nass und deine Haare sind versengt. Bist du einem Feuer entkommen?", fragte sie ihn und wusste, dass keine Antwort kommen konnte. Sie merkte, der Hund ist verängstigt, zitterte und hatte Durst. Die junge Frau gab ihm Wasser, während er es schlabberte, betrachtete sie ihn näher.
Streuner kann er nicht sein, sonst hätte er kein Halsband. Ganz ruhig nahm sie ihn auf den Arm und stellte fest, dass im Halsband mit Kugelschreiber eine Adresse stand. „Du kommst ja aus Berlin, dein Name ist Quirli!", rief sie vor Freude und war ganz aus dem Häuschen. „Ich gebe dir

jetzt zu fressen, nehme dich mit ins Warme und morgen suchen wir dein Frauchen oder Herrchen." Rias Mutter befestigte am Halsband einen dünnen Strick als Leine. Sie gingen Gassi, und der Hund zog sie den Weg in den Wald entlang, den er am Abend vorher gelaufen war.

Quirli setzte sich wimmernd und weinend neben sein Frauchen, die tot und halb verbrannt an der Absturzstelle lag. Leonie wurde mit dem Hund durch das offene abgeknickte Heck geschleudert bei dem fürchterlichen Aufprall. Bis auf einige Leichenteile ist alles verbrannt, ein fürchterlicher Anblick.

Der Hund war der einzige Überlebende und fand in Rias Mutter ein neues Frauchen, die ihn über alles liebte und ihm den Namen Maxi gab, um nicht immer an seine Vorgeschichte erinnert zu werden. Für Ria war dieser Hund noch viele Jahre Spielgefährte.

Ein Schauer lief über ihren Rücken und sie lasen den eingeschweißten Zettel, der am Kreuz hing.

„Am 21.04.1945 stürzte hier an dieser Stelle das viermotorige Flugzeug D-ASHH „Hessen" FW Condor ab. Circa 25 Tote wurden hier feldmäßig bestattet. Keiner der Passagiere überlebte."

Eine Frau im Dorf behauptete felsenfest, sie hätte den Schnauzbart gesehen und tratschte es weiter, bis es viele glaubten. So etwas blieb auch einem Geheimdienst nicht verborgen, so könnten sie damals mit dem Panzer nicht nur nachgesehen haben, ob noch alles da war, auch etwas geholt haben, ist Rias Phantasie.

Der Absturz wurde geheim gehalten und die Maschine blieb für die Lufthansa sieben Jahre verschollen, bis zur Umbettung der Toten, die alle keine Schädel mehr hatten, auf einen nahegelegenen Friedhof. Bei dieser Gelegenheit wurde in einem Lederjackenfetzen, der nicht verbrannt war, der Ausweis von Kapitän Künstle gefunden. Somit stellte sich heraus, dass dieser Flug privat und nicht militärisch war. Die Hinterbliebenen konnten endlich entschädigt werden und das Grab besuchen.

„So, mein lieber Maximilian, jetzt kennst du die Geschichte von den unheimlichen Löchern in diesem Waldboden, die auch mich als Kind so sehr beschäftigt haben."
„Ich freue mich schon auf den nächsten Besuch bei dir", winkte ihr Maximilian zum Abschied zu.

Süß und sauer

Die Firma, in der sie zuletzt halbtags arbeitete, ging in Konkurs, jetzt suchte Ria, eine gut aussehende Mittvierzigerin, im Mai 1989 wieder eine neue Beschäftigung. Sie wendet sich zuerst an das Arbeitsamt.

„Was heißt eigentlich schwer vermittelbar, wie Sie auf meiner Akte vermerkt haben?", fragte Ria.

Der Beamte wand sich, verdrehte seine Augen Richtung Fenster, wollte auf keinen Fall antworten.

„Heißt das, ich wäre zu doof, zu blond, zu alt, unseriös, oder nicht schön genug?", setzte sie herausfordernd hinzu.

Herr Wurm legte die Akte von der einen auf die andere Seite, er wusste nicht was er machen sollte.

„Wie oft haben Sie meine Akte eigentlich schon aus ihrer Schublade gezogen und versucht, mich zu vermitteln?", will sie wissen und schaute ihm offen ins Gesicht, was er umgekehrt nicht konnte. „Sie sind zwar nur ein kleines Arbeitsamt in dieser oberbayerischen Kreisstadt, aber ich hätte mir mehr Engagement gewünscht", fuhr sie fort.

„Es tut mir leid, erwiderte er, ich kann ihnen nur unsere Scheinfirma Sekura anbieten, Sie könnten da etwas üben, vielleicht ergibt sich später eine Stelle."
Sie willigte ein und lies es auf sich zukommen. Ria stellte

sich in der Übungsfirma vor und wurde sofort in die Finanzbuchhaltung eingeteilt, sie war keine zwanzig Jahre alt, sondern über vierzig. Dort lernte sie eine sechzig jährige Dame kennen, die ihr erzählte: „Ich komme gerade aus Ungarn und lerne hier in der Sekura Finanzbuchhaltung, das ergibt mehr Unterhalt. Anschließend kommt mein Mann nach Deutschland, der ist Ingenieur und bekommt eine ansehnliche Rente, so dass wir von dem Geld gut leben können."

Ria denkt sich ‚Aha, so geht das.' Noch nie etwas in die Rentenkasse bezahlt, schnell auf Kosten des Steuerzahlers einen Finanzbuchhaltungskurs gemacht, zum Arbeiten kam diese Dame sowieso nicht mehr, aber am Schluss kann man absahnen.

Ihr war alles so zuwider, da musste sie sich nur ärgern.
Ich werde mich selbst um eine Arbeit bemühen, sagte ihr Kampfgeist.
Ria gab allen Freundinnen und ehemaligen Kolleginnen bekannt, dass sie eine Arbeit suchte.

Nach zwei Monaten hatte sie in München ein Vorstellungsgespräch. Ihr Gegenüber war eine attraktive Rothaarige mit langen Locken und rundem gebräuntem Gesicht. Die Figur war nicht Model, so Größe vierundvierzig.
Die beiden gleichaltrigen Mittvierzigerinnen waren sich auf Anhieb sympathisch. Ria hatte eine gute kaufmännische Ausbildung vorzuweisen, sah sehr gut aus, blondes mittellanges Haar, schlanke Figur, hatte schon zehn Jahre

in dieser Branche gearbeitet, bekam die Stelle sofort unbefristet. Sie wurde als Sekretärin zur besonderen Verfügung eingestellt, was hieß, ca. zwanzig Damen im bayrischen Raum in Urlaubs- und Krankheitsfällen zu vertreten.

Nach einer zweiwöchigen Einarbeitungszeit wurde sie einmalig gleich für drei Monate in Esslingen und Umgebung eingesetzt. Es war für Ria und ihre Familie eine Feuertaufe, sie kam nur noch am Wochenende nach Hause, ob das ihre Familie mitmacht? Fred rechnete ihr sofort vor, dass sie dabei mit Sicherheit draufbezahlen würde und wollte es ihr vermiesen. Bei dem Gehalt und den Spesen kann das gar nicht sein, hält der mich für blöd, sagte sich Ria.

Die neue Chefin war Bereichsleiterin bei einem großen Versicherungskonzern, in dem sie für die Geschäftsstellenleiter und Sekretärinnen in den Außenbüros der Draht zur Zentrale war. Von ihr wurde jeder Schritt beobachtet. Ria sollte jeden Tag abends bei ihr anrufen und berichten, was in den von ihr vertretenen Büros passierte. So wurden Ria und Kolleginnen in den Außenstellen als Spione von Rosemarie angesehen und mit Arglist betrachtet.

Rosemarie besuchte natürlich auch die Außenstelle in Leonberg und quartierte sich im Hotel, in dem Ria wohnte ein. Sie hörte sich um, ob das mit der Neuen schon klappen würde. Bei dieser Gelegenheit traf sie sich mit einem jungen Kollegen aus dem Raum Passau, dem sie vielleicht noch etwas beizubringen hatte, indem sie mit ihm eine

Flasche Rotwein trank. Ria wurde gar nicht beachtet, aber am anderen Morgen hatte sie die Flasche auf der Rechnung stehen. Rosemarie war wohlweislich schon abgereist, sonst hätte Ria die Flasche noch umbuchen lassen.

Ria war pünktlich in Esslingen und wurde in diesem Büro von einer Dame mit dem Namen Mira begrüßt, circa zwanzig Jahre, mit langem schwarzen Haar, halblangem dunkelgeblümtem Kleid und zu ihrer Überraschung barfuß. Der erste Gedanke von Ria: ‚Dieser Dame einen Stock in die Hand gedrückt und sie wäre die Gänseliesel.'
„Warum tragen Sie keine Schuhe?, war ihre Frage.
„Ich laufe so gerne barfuß."
„Sie wissen schon, dass Sie wie eine Gänseliesel aussehen?"
„Ach ich mache hier doch sowieso nur die Drecksarbeit."
„Wo ist denn der Geschäftsstellenleiter?"
„Der wird bald kommen, bestimmt ist die Nacht wieder lange geworden. Der ist mit meiner Kollegin Ulla fleißig am Rekrutieren."
„Aha."
„Jetzt kommt er, hören Sie, das ist sein neuer Porsche."
„Ach, wir haben Besuch, ich grüße Sie, hatten Sie eine gute Reise und haben Sie gerade den Porsche Sound gehört?"
„Ja, sehr beeindruckend, besonders der dumpfe Türschlag", betonte Ria.

Dieses vermeintliche Komplement ließ seine Brust schwellen und seinen Mund grinsen. Er hielt Ria offensichtlich auch für so dumm wie seine Sekretärinnen.

„Kennen Sie denn die Fabel vom Fuchs und vom Hasen" –
fragte ihn Ria.

„Nein, erzählen Sie sie mir?"

„Ich erzähle sie ihnen bei Gelegenheit, wenn wir dazu Zeit
bekommen."

„Bitte, erzählen Sie mir die Fabel, ich bin gespannt."

„Wissen Sie, in der letzten Firma, die Konkurs gemacht
hat, und in der alle Mitarbeiter die Akten vor den Firmen-
besitzern verstecken mussten, wenn sie ihren Antrittsbe-
such machten, hatten wir auch einen Chef. Er brauchte
zwei Prokuristinnen und hatte viel ungelerntes Personal,
aber er lebte auf so großem Fuß, man konnte es sich nicht
vorstellen. Dieser Mann fragte auch immer: „Haben Sie
den Porsche Sound gehört?" Anschließend betonte er - vor
allem den dumpfen Türschlag. Daher kannte Ria die Sprü-
che. Sie erzählte dem Zuträger die Fabel und binnen einer
Woche war das Auto verkauft. Wissen Sie, die, die sich so
ein Auto leisten können und es mit Herzblut fahren, wie
Freunde von Ria, fragen nicht, haben Sie den Sound und
den Türschlag gehört. Die lieben das Auto und es ist ihr
Leben, die fahren es nicht zum Angeben. Wollen Sie jetzt
noch die Fabel hören, oder ist es ihnen vergangen?"

„Ich möchte sie trotzdem hören."

„Also gut."

Die Fabel von Fuchs und Hase

Herr Hase war bei Herrn Fuchs zu Gast, sie spielten Karten, das Spiel war so spannend, dass Herr Hase die Zeit
übersehen hat und sprang fast aus seinem Fell. „Was

glaubst du, wie mich meine Frau fertig macht, wenn ich wieder zu spät nach Hause komme?", meinte er. Der Fuchs beruhigte ihn und sagte: „Wir gehen jetzt nach draußen, du hängst dich an meine Rute, ich drehe diese wie einen Propeller und du lässt los in die Richtung, in der dein Bau liegt." Und siehe da, er war pünktlich zu Hause.

Das andere Mal war der Fuchs beim Hasen zu Gast und sie spielten wieder Karten. Durch das spannende Spiel übersah auch der Fuchs die Zeit.

„Was glaubst du, was meine Frau zu mir sagt, wenn ich zu spät nach Hause komme?"

„Ach, sagte der Hase, kein Problem, wir gehen in meine Garage und nehmen den Maserati!" Gesagt, getan, brumm, brumm, brumm, der Fuchs ist ebenfalls pünktlich zu Hause.

„Und was ist die Moral von der Geschichte?

Wenn du einen kurzen Schwanz hast, brauchst du ein schnelles Auto."

In diesem Büro diktierte die Sekretärin Ulla, ein aufreizendes Mädchen, Ria die Briefe, da sie selbst nicht fähig war ein DIN A 4 Blatt unter 25 Fehlern zu vollenden. Sie war eben nur für die Nacht zuständig, deshalb fing sie erst in der Mittagszeit zu arbeiten an. Sie machte mit dem Chef die Feinarbeit, Repräsentieren, Rekrutieren und wenn es sein musste den Spagat.

„Wenn die anderen heute Abend wieder arbeiten, könnten wir doch zusammen essen gehen" - lud Ria Mira ein.

„Ja, sehr gerne, ich freue mich, ich kenne ein gutes Lokal."

„Da sind Sie im Vorteil, ich kenne mich noch nicht aus, ich bin zum ersten Mal hier in Esslingen. Ich weiß nur, dass der ganze Stadtplatz eine unterirdische Sektkellerei sein soll."

Nachdem sie gewählt hatten und die Getränke bestellt waren, fragte Ria Mira: „Wissen Sie, warum Sie hier die Drecksarbeit machen und die andere, die viel dümmer ist, spielt die feine Dame"?

„Nein."

„Haben Sie Ulla schon einmal beobachtet?"

„Nicht bewusst."

„Sehen Sie, sie setzt ihren femininen Charme ein, sie putzt sich adrett heraus, hat ihre Haare gewaschen, dass sie duften und schminkt sich dezent, um nicht den Lippenstift überall zu verteilen. Sie überlässt niemals die Regie im Bett dem Mann. Wenn bei ihm das gewisse Etwas steht, fallen mit der Erektion erst einmal 145 Gramm Gehirn in die Hose. Er denkt nur an seine Fortpflanzung und sieht nur Schlitz, also Frau. Ein Urgen, es kann keiner etwas dafür, jeder muss seine Samen möglichst weitläufig verteilen, um die Fortpflanzung zu sichern. Es ist deshalb keine Zeit zu verlieren, für ein langes Liebesvorspiel, der Schwanz drängt, er steht ja schon, vor dem Tor und möchte in die Frau rumpeln, bum, bum, bum, bum. Er gibt den Rhythmus und den Ton an, denkt dabei an etwas anderes, seien es Dollar oder viel Geld, große Bankkonten, um sich abzulenken, um nicht zu früh zu kommen. Der Mann hofft die richtige Anzahl der bum, bum, zu erwischen, damit auch sie etwas hat und wartet auf das Gekreische, dass er einen Orgasmus erzielt hätte. Er ist dann fertig und der

Orgasmus ist vorgetäuscht. Wenige Frauen haben einen. Ulla aber kennt den Orgasmus und bereitet sich entsprechend vor, sei es unter der Dusche oder mit dem nur für diesen Zweck vorhandenen, abgedeckten elektrischen, rotierenden Objekt, so dass sie vor dem ersten Orgasmus steht und holt ihn dann ins Bett. Die Regie führt sie und lässt ihn nicht über sich, sondern dahin wie es ihr passt. Sie hat die Klitoris so stimuliert, dass sie sofort den ersten Orgasmus hat, sie kann auch noch einen zweiten und dritten haben, wenn die Bankkonten groß genug waren, an die er zur Ablenkung gedacht hat, bis er fertig ist, aber sie hatte Erfolg. An der schlaffen Nudel kann sie sich noch fünf bis sechs weitere holen, wenn sie sich nicht sofort von ihm trennt. Die Klitoris macht es. Das ist der ihr Rezept, deshalb macht die keine Drecksarbeit, sondern die Feinarbeit." Eine Frau, mit jeder Menge Orgasmen, da denkt doch jeder Mann, „Er" wäre so gut beim Sex.

Die Augen von Mira wurden größer und größer.
„So hat meine Mutter mit mir noch nie gesprochen. „

„Wie sollte sie auch, sie kannte doch auch nichts anderes."

Nach einem leckeren Essen gingen beide nach Hause und waren Freundinnen.

In diesem Büro entdeckte Ria mehr als fünfzig Friedhofsverträge, richtete einen Ordner ein und schickte den Leiter damit nach Berlin um diese zu bereinigen. Ria wusste, es war Betrug, denn er hatte bereits das Geld von der Zentrale für die Einheiten kassiert, die aber sahen kein Geld, die

Kunden waren nur erfunden. Den Porsche hatte er sich bestimmt nur geliehen zum Angeben, denn die KFZ-Versicherung für diesen Wagen hätte schon sein Budget überschritten.

So telefonierte Ria am 08.11.1989 mit diesem Mann, ob sie schon etwas Positives über seine Arbeit verzeichnen könnte. Bei dieser Gelegenheit erfuhr Ria, dass die Berliner Mauer gefallen ist.

„Und Sie durften das erleben?", fragte sie ihn perplex - nur über die Arbeit des Herrn erfuhr sie wieder nichts. Ria war gezwungen, das dem General zu melden. Dieser flog nach Berlin und überprüfte die Firmenschilder persönlich. Er stellte fest, dass sie ganz frisch gemalt waren und die Farbe der primitiven Ausschilderungen noch tropfte. Kurze Zeit später waren die Sekretärinnen und der Geschäftsstellenleiter fristlos entlassen.

Auf der Heimfahrt vor dem Weihnachtsfest bekam Ria ein zweites Leben. Sie versuchte mindestens zehnmal Rosemarie zu erreichen, um ihr zu sagen, dass sie jetzt nach Hause fahren würde, sie hatte die Nase voll und fuhr einfach ohne Meldung los. Auf der Autobahn am Flughafen Stuttgart lag vor ihr plötzlich ein Stau, sie fuhr darauf zu und konnte so gerade noch, um ein paar Zentimeter, rechtzeitig bremsen. Langsam rollte die Kolonne weiter. Nach hundert Metern schaute sie in den Rückspiegel, ob die anderen Auffahrenden auch rechtzeitig bremsten. Sie sah hinter sich nur noch ein Flammeninferno. Bei diesem

Unfall, dem sie gerade noch entkommen ist, starben vier Menschen.

Nach dem Mauerfall wurde der Osten überrannt. Die Vertreter arbeiteten Tag und Nacht, sie schliefen mit gestellten Weckern in ihren Autos. Der schnellste bekam die meisten Aufträge und da die Erstprämie kassiert werden mußte, hatten sie auch kofferweise Geld. Dieses Geld wurde von den pfiffigen Herren bei den Banken für einen Monat oder zwei Monate, wer gute Nerven hatte, sogar bis zu drei Monate einbezahlt und die Zinsen kassiert, dann gingen die Anträge und Gelder erst an die Zentrale. Bis das aufflog, hatten die Herren Hunderttausende an Zinsen kassiert. Es gab dann erst eine Antragseinreichung bei Vorlage des Einzahlungsscheines. Ria musste oft konsequente Streitgespräche führen, indem sie die Anträge in die Schublade packte, bis die Einzahlungsscheine vorlagen.

Der nächste Einsatz war in Holzkirchen. „Also seht zu, was die Mädchen falsch machen, dann zeigt ihr es ihnen, wie es richtig geht", bekamen Ria und Ina mit auf den Weg. Nach der Arbeit hatten sie Meldung zu machen. Noch während die beiden im Büro waren, hat Rosemarie den Geschäftsstellenleiter angerufen und ihm berichtet, was ihr zugetragen wurde. Also waren Ina und sie doch nur Spione für diese Frau. Ria versank vor Scham im Boden und wusste jetzt, woran sie war. Sie hat nur noch gute Berichte abgeliefert.

Bei einem Einsatz in München wurde Ria hinter vorgehal

tener Hand zugeflüstert, diese Frau hat es bei dieser Gesellschaft, in einer anderen Abteilung so schlimm getrieben, dass alle froh waren, sie los zu sein. Also, was baute sich hier auf, sind Ria und Kolleginnen einer Terroristin ausgeliefert!

Mittlerweile merkte Ria, dass das freundliche, herzliche Bussi hier und Bussi da, alles nur gespielt war. Rosemarie rief nur an: „Ich komme euch besuchen, ihr Lieben, habt ihr den Sekt schon kalt gestellt?"; gleich rannte eine Kollegin um Sekt zu besorgen. Die gewünschte Marke war Fürst Metternich, bezahlt wurde diese Flasche gerade von der, die gerannt ist. Manchmal reichte eine Flasche nicht, dann musste eine zweite her. Wie vereinbarte diese Dame dass mit ihrem Dienstwagen, der durfte nur nüchtern gefahren werden. Keiner getraute sich etwas zu sagen. Alle waren überfreundlich. Genau an diesem Tag hat Ria erlebt, wie ein Einkaufskorb, der in der Ecke stand, von ihr nach Alkohol untersucht wurde. Da die Besitzerin noch in der Probezeit war, hat sie die Anstellung nicht erlebt.

Eines Tages saß Ria in einem Münchner Büro neben dem von Rosemarie. Plötzlich schrie eine gellende Stimme: „Wer hat wieder an meiner Schreibmaschine geschrieben und den Randsteller verstellt, die soll sofort herkommen!" Also konnte sie selbst den Randsteller an ihrer Schreibmaschine nicht setzen. Eine Überraschung nach dem schlauen Getue von ihr. Die Missetäterin war sofort zur Stelle und es konnte wieder Ruhe einkehren. Rosemarie beschäftigte ohne Wissen der Zentrale für sich eine Privat sekretärin. Sie stellte einfach ein Mädchen ab, dass im übrigen Kreislauf entbehrt werden konnte und ließ so ihre Büroarbeiten machen.

Ria arbeitete für eine Sekretärin, die in Urlaub war, so musste sie ungewollt oder gezwungener Maßen ein Geschrei im Nebenbüro anhören, in dem ein Geschäftsstellenleiter am Telefon fertig gemacht wurde. Ria lief der Angstschweiß den Rücken rauf und runter. Wer das noch nicht erlebt hatte, konnte es sich nicht vorstellen. ,Wenn ich einmal dran bin', dachte sie und hatte nur noch Angst.

Ria und Kolleginnen wurde im Vorfeld eingebläut: "Ich liebe den Personalchef und bin mit dem Betriebsrat per du" - wagt euch ja nicht, sich irgendwo zu beschweren.

Wenn sie als Chefin, sie war genauso angestellt wie wir, nur in einer anderen Position, die Briefmarkenlisten kontrollierte und sie stimmten nicht auf den Pfennig, leitete sie sofort die fristlose Kündigung ein. Rosemarie hat in sämtlichen Büros Briefmarken an sich genommen und verbraucht. Besonders für ihre Päckchen an die behinderte Tochter. Ihr Mutterherz war so verletzt, nachdem ihr Mädchen nach einem Reitunfall eine Kieferoperation benötigte und sie anschließend halbseitig gelähmt war. Sie hat alles versucht, den Ärzten Pfusch nachzuweisen, was ihr leider nicht gelang.

Ria meinte bei einer Gelegenheit, sie sollte doch das Schicksal in Ruhe ertragen, das Negative und Böse würde es doch nur noch schlimmer machen; dazu war ihre

Antwort: „Nein ich schreie alles heraus!"

Hin und wieder hatte sie auch den Anflug des Guten.

Wieder waren Ria und Ina in einem Münchner Büro im Einsatz bei einem sehr netten Mädchen. Sie erzählte ihnen, dass sie einmal das Münchner Kindl spielen durfte bei einem Auszug zum Oktoberfest. „Das ist ja eine Ehre und die Eltern sind nicht minderbemittelt", sagte Ria dazu. Der Grund der Erzählung sollte wohl der Wink sein, ich bin ein ehrenwertes Mädchen. Bei dieser Gelegenheit erzählte sie, dass sie in die Türkei in Urlaub fliegen würde. Deshalb hätten Ina und Ria den Einsatz in ihrem Büro, das eigenartig war. Beide bekamen keinen Büroleiter zu Gesicht und dieses verwöhnte Fräulein würde für zwei arbeiten? Für Ria sehr ungewöhnlich.

Bei jeder Übergabe wurde als erstes die Portokasse überprüft. Die Überraschung war groß, so einen großen Betrag von 1.200,-- DM Portokasse hatten Ina und Ria noch nie gesehen, die Norm war 200,-- DM. Nachdem die Kasse stimmte, widmeten sie sich den weiteren Übergabearbeiten, sie mussten Bescheid wissen, wenn das Mädchen am anderen Morgen nicht mehr da ist. In der Münchner Innenstadt musste alles abgeschlossen und täglich überprüft werden. Ina fing an, die Portokasse zu zählen, sie bittet Ria diese nachzuzählen. „Ich glaube nicht, was ich hier sehe" , rief Ria zu Ina. Deshalb habe ich es dir noch einmal zählen lassen. Es fehlen genau 600,-- DM. Aber gestern hat sie doch gestimmt. Rosemarie musste verständigt werden.

„Also macht ihr beide eine Stellungnahme, was ihr vorgefunden habt", beauftragte sie Rosemarie. Beim Schreiben

dieses Berichtes kam Ria in den Sinn, dass das Münchner Kindl erwähnt hatte, in die Türkei zu fliegen. Keinem wäre eingefallen, dass sie das mit der Portokasse machen sollte. Das war Rias und Inas Glück! Rosemarie erledigte alles andere.

Sie hat uns wunderbare Seminarorte, wie Dresden, Leipzig, München, Hamburg, Garmisch Partenkirchen und die besten Hotels in der Zentrale ausgehandelt. Es ist nicht so, dass sie sich nicht für uns eingesetzt hätte. Rosemarie hat auch gute Tarifgruppen für uns verlangt. Nur als die Holdings kamen, hatte auch sie zu kämpfen. Ria und Kolleginnen sollten sich zwei Stunden ihrer geleisteten Arbeitszeit zu Gunsten der Firma abziehen. Wie sollte das gehen. Wenn wir uns eine Stunde Fahrtzeit auf der Hin- und Heimfahrt abgezogen hätten, wie wäre das bei einem Unfall versichert gewesen? Die hinter dem Schreibtisch in der Zentrale, denen dieses Hirngespinst eingefallen ist, wussten es auch nicht. Also wir mit Rosemarie als Bereichsleiterin waren uns einig, das tun wir nicht! In dieser Beziehung war sie wieder einmalig.

Sie gab einem Ohrfeigen, und leckte sie hinterher wieder ab. Eben süß und sauer.

An einem Geburtstag von Ria läutete es an ihrer Tür und ein Riesentelegramm kam an. „Schön, dass es dich gibt, alles Gute zu deinem Geburtstag und ich liebe dich." Es war nicht von ihrem Mann, sondern von Rosemarie. Was sollte sie davon halten?

Nach diesem Geburtstag wurde Ria zu einem längeren Einsatz nach München beordert. Die Atmosphäre in diesem Büro war sehr angespannt. Die Sekretärin zitterte nur und war nicht fähig, vor ihr auf der Schreibmaschine zu schreiben. Es war eine Kur, während der sie diese Dame zu vertreten hatte, welche wusste sie nicht.
Der Geschäftsstellenleiter war erst knurrig und schlecht gelaunt und beachtete Ria kaum. Sie stellte fest, dass kein gutes Verhältnis zur Sekretärin bestand. Hilla kannte die Zusammenhänge ihrer Arbeit nicht und ließ die Herren vom Außendienst aus Angst, sie könnte einen Wisch verwechseln, alles an den Anträgen so festklammern, dass Ria ihre eigentliche Arbeitszeit zum Klammern Entfernen brauchte. Sie hat das sofort zur Erleichterung vom Geschäftsstellenleiter und den Außendienstlern einstellen lassen. Gott, waren die froh.
Es wurden Sekretärinnen eingestellt, die keine Ahnung hatten, wie es in einem Büro abläuft, das waren dann die Bodenkriecher, von denen alles gefordert werden konnte, auch Arbeitszeiten bis drei Uhr morgens.

Ria hörte nur, der Chef und der Chef, sie machten keine Mittagspausen, kauften für den Chef Kaffee, den er trank, sogar mit Besuch. Im Ausnutzen kannten einige Herren keine Skrupel. In einer G-Stelle musste das Mäuschen sogar auf die Decke, die unter dem Schrank lag, für den

Hund konnte diese nicht sein, es gab keinen. Das Büro abgesperrt und los ging die Chose. Diese vermeintlichen Chefs bekamen die Büroräume, die Sekretärinnen, jeden Radiergummi, Bleistift, Kopierer, Telefon, Papier einfach

alles von der Zentrale bezahlt. Die Damen wurden immer in der Angst gehalten, dass der Außendienst nicht genug Einheiten einreichen würde und das Büro geschlossen werden müsste.
Eine junge Frau, deren älterer Mann starb, und sie sich um ihre Existenz sorgte, sprang sogar von der Hungerburg in Innsbruck. Sie wurde gerettet, aber die Angst blieb.

Durch die Einführung der Holdings sollte natürlich Geld beschnitten werden. Den Gesellschaften ging es nicht schlechter, aber die Gewinne für die Unternehmen sollten vermehrt werden. Die Zinssätze wurden niedriger und niedriger, so dass die Gewinnbeteiligungen in den Verträgen der Verbraucher weiter und weiter schrumpften. Das gemeinste bei den Altersversorgungen war, dass die Beteiligten gar nichts von den Sonderabmachungen der Gesellschaften mit den Sozialversicherungen wussten, in der sie sich die Sozialversicherungsbeiträge stunden ließen. Flugs wurde ein neues Gesetz verabschiedet, so schnell ging überhaupt noch keines durch, in dem jetzt der Verbraucher von seinem ohnehin nicht üppigen Ersparten für das Alter, die Krankenkassen bereichern darf. Ist das Rechtens? Die Sozialversicherungsbeiträge wurden doch von den Firmen abgeführt, irgendwo wurde doch da betrogen. Eine Kollegin erkundigte sich beim VdK, ob man da nicht klagen könnte. Es hieß nur, das könnte sie schon machen, nur alleine würde sie noch ihr restliches Hab und Gut verklagen. Die Lobby änderte schnell den Firmennamen und war somit aus dem Schneider und vor Klagen geschützt. Die Holding kam auch darauf, nicht nur die Angestellten

um Arbeitsstunden zu beschneiden, sondern auch die Geschäftsstellenleiter sollten ihre Büroräume, Sekretärinnen, Kopierer, Telefone, Papier, Bleistifte und Radiergummi selbst bezahlen. Was für ein Aufschrei. Es wurde durchgezogen und Ria erlebte, dass in Landshut ein sogenannter Chef, der selbst einen BMW Z1 fuhr, wahrscheinlich gehörte er noch der Bank, seine Sekretärin, eine allein erziehende Mutter, acht Monate lang ohne einen Pfennig Geld arbeiten ließ. Sicher, zuerst fragt man sich, wieso eine junge Frau dies so lange zuließ. Sie wurde von Monat zu Monat vertröstet und hatte immer gehofft, sie bekäme das Geld.

Ria traf sich nach der Arbeit mit ihren Freundinnen Chrissi und Andrea in einem Kaffee, um zu entspannen.
„Wie geht es euch beiden denn, habt ihr einen guten Tag gehabt?" - wollte Ria wissen.
„Ach, es ging so„ – meinte Andrea, „ich habe eine Vorgesetzte, eine Ossi, die glaubt, sie müsste die ganze Welt umdrehen. Es ist nicht gut, mit ihr zu arbeiten."
„Weißt du, die haben vierzig Jahre nichts anderes gelernt, als sich untereinander das Leben schwer zu machen, jetzt sitzen sie bei uns in allen möglichen Stellungen und Ämtern und glauben, es geht so weiter. Ich habe keine Ossi,

die ist keinen Deut besser. Eigenartiger weise merken diese Leute nicht, wenn sie einem anderen das Leben schwer machen, bekommen sie es dreifach zurück", tröstete sie Ria.

Chrissi erzählte, sie wäre jetzt über sie Luitpoldbrücke gekommen, die sofort nach ihr gesperrt wurde, weil die

Feuerwehr einen Einsatz hatte.

„Ich habe vorher die Sirene gehört, habe mich aber nicht darum gekümmert, die Arbeit alleine zu erledigen ist ganz schön anstrengend und die Mitarbeiterin, die in diesem Büro angestellt ist, meinte, nachdem sie heute noch eine Hilfe hätte, ob sie frei haben könnte. Natürlich habe ich da zugestimmt", sagte Ria.

„Du, die haben sie vorher aus der Isar gezogen. Soviel ich im Vorbeigehen mitbekommen habe, ist sie von der Luitpoldbrücke gesprungen und am Heiligengeistspital wurde sie von einem Retter herausgefischt.
Der Krankenwagen ist Richtung Klinikum gefahren."

Als Ria das hörte, wurde sie so wütend, lief nochmals ins Büro und hat die Zentrale angerufen. Irgendetwas musste sie doch unternehmen. Anschließend fuhr sie in die Klinik, um etwas über die Kollegin zu erfahren. Als Nichtverwandte kaum möglich, aber wo ein Wille, da ein Weg, die Angehörigen gaben ihr Auskunft. Es wäre nicht so schlimm und sie würde bald wieder entlassen. Als die Arbeit in diesem Büro auf Vordermann war hatte Ria am anderen Tag in

Holzkirchen einen weiteren Einsatz.

Nachmittags erhielt sie einen Anruf. „Waaas mischen Sie sich da ein", schrie die andere Stimme am Telefon so laut, dass es durch die Wände im anderen Büro bei geschlossener Tür zu hören war. „Das geht mich doch gar nichts mehr an" - schrie Rosemarie weiter.

„Sie haben mich doch zum Einsatz hin geschickt, also geht es Sie noch etwas an" - verteidigte sich Ria.

„Das sind doch alles selbständige Firmen, ist ihnen das entgangen?" – schrie sie weiter.

„Scheinselbständige, die ihre Angestellten nicht bezahlen und sie zum Suizid treiben" – erwiderte Ria etwas ruhiger, um den Wind aus den Segeln zu nehmen. – „Ich werde mich immer einmischen, wo Ungerechtigkeiten stattfinden, das lasse ich mir nicht von ihnen verbieten. Sie haben die Pflicht dies an die Zentrale zu melden, Sie kennen doch dort Gott und die Welt. Außerdem ist das eine sagenhafte Reklame für eine Firma, wenn sich das herumspricht."

„Trotzdem verbitte ich mir Ihre Einmischung!" – klack aufgelegt.

„Das war doch Rosemarie", kam ein Kollege um die Ecke, „ich wollte nur nachsehen, ob Sie noch leben."

„So schnell kippe ich nicht aus den Latschen, aber das wird nicht das Letzte gewesen sein."

Der nächste Einsatz in Freising brachte viel Arbeit mit, so dass wir noch eine Aushilfe brauchten. Es handelte sich darum, nummerierte Karten zu sortieren. Dafür bekamen wir einen jungen Mann von einer Zeitarbeitsfirma. Als sich Ria morgens im Laden nebenan eine Butterbrezel kaufte, hatte dieser einen kleinen Schnaps auf dem Fließband, den er vor der Tür sofort trank. Ria meinte: „Ist das gut, um Zahlen zu sortieren?" Er sprach ganz offen: „Ich war bei er Bundeswehr und dabei habe ich das Trinken gelernt, ich

brauche das, sonst kann ich überhaupt nichts arbeiten."
Zum Mittagessen kam dann noch ein Bier dazu.
Nach Arbeitsschluss kontrollierte Ria die Arbeit und stellte fest, dass diese noch einmal gemacht werden musste.

Sie rief Rosemarie an und teilte ihr mit, dass es für diese Arbeit eine Verzögerung gäbe und diesen jungen Mann könnte sie wieder abziehen. Bei diesem Gespräch sah Hilla Ria so entsetzt an, als hätte sie mit einem Revolver auf sie geschossen.
Diese Kursekretärin, Hilla, wurde zu Ria geschickt, um besondere Anträge einreichen zu lernen. Ria konnte nicht ahnen, dass Hilla ein Spitzel von Rosemarie war und auf ihrer Kur einen Entzug machte. Es dauerte nicht lange, da wurde Ria nach München in das Büro von Rosemarie beordert. Rosemaries Taktik war, dass sie sich einen Zeugen, in diesem Fall Hilla, die zu Verhörende aber allein war. Beide hackten auf Ria ein, sie hätte doch ein Alkoholproblem, Hilla hätte gehört, wie sie den jungen Mann deswegen wieder nach Hause schickte. Ria fiel erst einmal aus allen Wolken und wollte den Raum verlassen, sie brauchte sich das doch nicht anhören, von zweien die genau dieses Problem hatten. Ihr wurde wieder bestätigt, dass Alkoholiker

genauso ihre eigenen Probleme zudecken.
Ria stand auf und war schon an der Tür.

„Das ist Arbeitsverweigerung und ich werde sofort im
Personalbüro anrufen!", schrie Rosemarie.

„Ich habe kein Problem. Keins privat und keins in der
Firma" sagte Ria ganz ruhig. Die beiden hackten wie zwei
Krähen auf sie ein und wollten Ria einschüchtern.

Es gelang leider nicht und sie mussten sie ziehen lassen.
Das hatte noch nicht geklappt. Aber Rosemarie hatte Hilla
in der Hand. Aus Rias eigenen Stellungnahmen weiß sie,
dass Rosemarie diese nach ihren Lügen abänderte. Hilla
war etwas am Schreiben und schaute Ria immer so
schreckhaft an, sie sollte ihr ja nicht zu nahe kommen.
Also, es war etwas im Busch. Ria musste abwarten.

In Mühldorf wurde eine sehr nette Frau Doktor der Archä-
ologie eingestellt, den genauen Wirkungskreis konnte Ria
nicht feststellen, sie weiß nur, dass Frau Doktor auf dem
Flughafen München von einem General ein Begrüßungs-
küsschen bekommen hat, das war ihr Todesurteil. Rosemarie hat Ria am Anfang ihrer Arbeitsreise in dieser Firma
unmissverständlich klargemacht, dass die Geschäftsstellenleiter und Generäle ihr gehörten. Das hatte geheißen,
fange du mit keinem etwas an. Es dauerte nicht lange,
dann rief diese Kollegin Ria an, bitte, bitte, mache mir eine
Zeugin, ich stehe mit dieser Frau vor Gericht und sie lügt,
lügt und lügt. Ria hatte Angst um ihre Arbeitsstelle und

war zu feige, noch ging es nicht, sie wollte diese Frau doch zur Strecke bringen.

Auf einer Fahrt nach Leipzig brüstete sich Rosemarie sogar vor Fred, der unseren Fahrer machte: „Ich habe schon so viel gelogen, sogar vor Gericht habe ich gelogen, gelogen, gelogen". Ria musste sofort an Frau Doktor denken, nur helfen konnte sie nicht mehr. Das sollte sich ändern. Rosemarie war unvorsichtig und ließ Ria alleine in ihrem Büro zurück, wo sie die Kilometer- und Spesenabrechnungen für das ganze zurückliegende Jahr für sie machen sollte.

Ria kam in den Sinn, einmal die Personalakten von Rosemarie einzusehen, die sie über ihre „Untergebenen" angelegt hatte.

Sie erlebte förmlich einen Schock. Rosemarie hat Hilla gezwungen, einen Bericht über Ria ans Personalbüro zu senden. Beim letzten Seminar in Schloss Neufarn ging der Weg zur Toilette an einer Bar vorbei, da hätte sie Schnaps getrunken, behauptete Rosemarie.

So ein Lügengebäude hat Ria noch nie gesehen. Sie hatte an dem Tag nur zwei Wasser und eine Tasse Kaffee getrunken.

Briefmarken wären gestohlen worden, Ria hätte sich in Verhandlungen eingemischt und sie sollte eine Abmahnung bekommen. Dieser Bericht war schwerste Verleumdung und Rufmord zugleich. Sollte sie zu einem Rechtsanwalt gehen oder vor Gericht, dann hätte sie, wie bei Frau Doktor alles abgestritten. Nein, Ria fotokopierte alles und ließ sich mit dem Personalchef und anschließend mit dem

Betriebsrat verbinden. Diese ließen die Lügengeschichte aus der Personalakte entfernen. Ria hat es durch eine Einsichtnahme überprüft. Rosemarie wurde diese Maßnahme mitgeteilt und sie wurde kreidebleich vor Wut.

Ria hatte nun nichts mehr zu lachen, die Kolleginnen trauten sich nicht mehr mit ihr essen gehen, es war ihnen verboten worden. Was glaubst du, wenn die uns zusammen sieht. Christine, die Ria das sagte, konnte es nicht wagen mit Ria zu sprechen. Sie wurde von ihrer Bürokollegin Anna bei Rosemarie verpfiffen, dass sie eine Stunde früher nach Hause fuhr. Sie hatte sich eine Eigentumswohnung gekauft und musste um ihre Arbeit bangen. Nur eine Stellungnahme über die Gründe haben sie gerettet, die Ria mit Christine zusammen ausgearbeitet hat. Ria meinte einmal zu Rosemarie:

„Lassen Sie doch das Mädchen in Ruhe, sie ist doch noch so jung".

Rosemaries Kommentar: „Hast du eine Ahnung, du hättest einmal die Stellungnahmen von der lesen sollen. Die ist nicht blöd".

Endlich hat sich jemand getraut dieser Dame Paroli zu bieten. Jetzt fingen auch die anderen Kolleginnen an zu schreiben. Stapelweise gingen nun die Berichte schriftlich beim Betriebsrat und Personalbüro ein. Rosemarie fuhr von nun an nur noch mit Anwalt zur Zentrale.

„Der Personalchef und ich lieben uns, und mit dem Betriebsrat bin ich per du, wagt euch nicht, sich an einer dieser Stellen zu beschweren", war die Einschüchterung von

Rosemarie, das galt auf einmal nicht mehr.

Ria verstand nun, dass Frau Doktor damals nicht die geringste Chance hatte, vor Gericht zu gewinnen, auch mit ihrer Zeugenaussage hätte es nicht geklappt.

Ria und Kolleginnen bekamen nun einen männlichen Kollegen, den sich Rosemarie gleich für sich reservierte, ihn benutzte sie jetzt als Spion. Er rief sie jeden Abend an und berichtete. Er wusste noch nicht, was läuft.

Bei einem gemütlichen Beisammensein erwähnte Ria, dass sie stolz darauf wäre, sich nichts über das Bett erarbeiten zu müssen, auch dass ihr ein General gesagt hätte, ach von Rosemarie bekommst du alles, man müsste ihr nur genug Sekt hinstellen, mit der Sicherheit, dass Lino, der Neue, ihr das brühwarm erzählen würde. Er musste doch berichten, was jeder getrunken hat und was derjenige gesagt hat. Mit diesem Berichterstatter wurde das Klima immer rauer. Er war jetzt der Beisitzer und Zeuge bei ihren Verhören.

Bei Ria zählte die Arbeitszeit ab ihrer Garage, und abends wenn sie wieder rein fuhr. Morgens bei Reiseantritt, füllten sich ihre Augen mit Tränen und wenn sie weit genug von zu Hause weg war, betete sie und schrie um Hilfe, Gott möge sie doch alle von diesem Monster befreien. Sie schrie, betete, schrie, betete und schrie, im Auto konnte sie wenigstens keiner hören.

Rosemarie hatte sich etwas Neues ausgedacht, nachdem

der Neue so fleißig berichtete. Sie sagte Ria, dass sie in keinem Büro mehr erwünscht wäre und sie keinen Einsatz mehr für sie hätte. Also saß Ria bei sich zu Hause im Wohnzimmer und war arbeitslos. Sie überlegte, was sie jetzt machen könnte.

Zuerst rief sie die ganzen Geschäftsstellenleiter und Generäle an und fragte, ob das wahr sei, dass sie mit ihrer Arbeit nicht zufrieden gewesen wären. Von allen Angefragten bekam sie die besten Zeugnisse, sogar schriftlich, die sie ihr nach Hause sandten. Also hatte Rosemarie wieder gelogen. Ria rief in dem Büro an, die sie angeblich gar nicht mehr haben wollten, weil Ria gesagt hätte, die würden altmodisch arbeiten, gerade diese sagten ihr: „Komm sofort, wir haben so viel Arbeit „ - was sie dann auch tat.

Ria hat das Vorkommen und die Zeugnisse an das Personalbüro in der Zentrale gegeben. Nun war auch der Personalchef auf ihrer Seite. Sie konnte nun sofort anrufen, wenn Rosemarie sie wieder bedrängte. Ria war jetzt schon so weit, dass sie zitterte, wenn sie diese Dame aus irgendeinem Grund anrufen musste.
Rosemarie setzte sich oft nur noch Ria gegenüber und starrte sie schweigend an, bis sie dann plötzlich schrie:
„Was machen Sie hier überhaupt, Stellungnahmen schreiben?"
Ria beachtete sie nicht mehr, griff zu ihrem Telefon und rief den Personalchef an, Rosemarie würde sich wieder so aufführen. Er sprach dann mit ihr wie mit einem kranken Kind und bewegte sie dazu, das Büro zu verlassen.

Mittlerweile zitterten Ria schon die Knie, wenn diese Dame nur in Rufweite war. Bei einem Springertreffen in ihrem Büro brachte Rosemarie Weißwürste zum Mittagessen mit. Sie beauftragte Ria mit dem Aufwärmen dieser. Rosemarie rief sie dann aber in ihr Büro. Taktik. Ria bat Traudl darauf aufzupassen. Nur wie es zum Essen war, waren diese geplatzt. Dieses Theater kann nicht mehr wiedergegeben werden, es hat bis heute noch keiner vergessen, der dabei war. Ria fuhr an diesem Abend am ganzen Leib zitternd nach Hause. Es ging jetzt langsam an ihre Substanz.

Um das Fass voll zumachen, erschien Madam in Landshut mit ihrem Zeugen Lino und wollte Ria zwingen, ihr den Schlüssel von diesem Büro zu übergeben.

„Ich übergebe diesen Schlüssel nur dem, dem er gehört."

Da beide in Rias kleinem Sekretariat keinen Platz hatten, gingen sie in den Nebenraum, um zu beraten, wie sie das erreichen könnten. Als sie draußen waren und im anderen Raum, schloss Ria das Büro ab und ging nach Hause und sofort zum Arzt. Den Schlüssel übergab sie Tage später der Sekretärin, der er gehörte.

Diese Frau konnte doch keine ordentliche Arbeit mehr verrichten, sie hatte doch nur noch Rachezüge im Kopf.

Nach einer anstrengenden Betriebsversammlung saß Ria

nachdenklich in der Empfangshalle der Zentrale und ließ die Eindrücke sacken. Es ist eine eigenartige Zeit. Alle wollen Holdings gründen, um Zeitverträge einzuführen, möglichst junges billiges Personal einstellen, sodass Weihnachts- sowie Urlaubsgeld gespart würden, damit größtmögliche Gewinne eingefahren werden können. Plötzlich sitzt ihr Personalchef neben ihr.

"Es geht mir aufrichtig nahe, uns ist leider ein fürchterlicher juristischer Fehler unterlaufen, der Konzern muss diese Frau noch ein Jahr beschäftigen."

„Es bringt schon etwas, wenn wir alle wissen, dass Sie hinter uns stehen und uns nach acht Jahren Terror von ihr befreien wollen. Danke!"

„Sie glauben es nicht, jedes Mal, wenn dieser Herr aus dem Vorstand mit einer dieser Damen eine Nacht verbracht hatte, mussten wir am anderen Morgen eine neue Stelle schaffen."

„Und ich frage mich", sagte Ria, „wieso diese Dame ihr Mobbing und den Terror so lange durchführen konnte ohne entdeckt zu werden. Sie zog eine blutige Spur durch ganz Deutschland, vom Norden in den Süden, vom Osten in den Westen und keiner konnte sich wehren. Warum?"

„So lange die Mädchen und Herren diese Vorgänge unserem Personalbüro und dem Betriebsrat nur mündlich mitteilten, waren uns die Hände gebunden. Jedes Vorgehen wäre gescheitert. Erst Sie haben diese Frau in die Schranken gewiesen und haben sich von ihr nichts gefallen lassen, aber auch gar nichts."

„Oh, wir haben uns alle vieles gefallen lassen müssen. Bei mir war es sogar Verleumdung und Rufmord. Diese Frau war so krank, dass sie meinte, sie wäre die Hand, die uns fütterte."

„Leider kann ich das Drama nicht mehr zu Ende führen. Ich gehe in den nächsten Monaten in den Ruhestand. Aber mein Nachfolger wird sich dafür einsetzen."

Wir sollten uns also noch ein weiteres Jahr mit dieser Dame abrackern.
Im Januar wurden die Urlaube und die Einsatztermine festgelegt. Wir hatten in einem wunderbaren historischen Städtchen das Treffen. Da Fred jedes Jahr im August in seiner Firma Betriebsurlaub hatte, musste Ria auch sehen, in diesem Zeitraum ihren Urlaub zu bekommen.

Alle Kolleginnen und besagter Kollege saßen um einen großen Tisch und als Ria ihren Urlaubswunsch vorbrachte, flippte Rosemarie förmlich aus:

„Habe ich es nicht gesagt, die braucht schon wieder in diesem Monat August Urlaub!"

„Ja, soll ich denn alleine in den Urlaub fahren und mein Mann auch?"

„Ich sage euch, diese Frau regt mich so auf, wiegelte sie die Kollegen gegen Ria auf, „seht ihr, jetzt möchte sie schon wieder mit ihrem Mann in Urlaub."

„Was ist denn da so verkehrt daran? Es ist doch machbar nur Sie wollen nicht."

„Also ich gebe ihnen keinen Urlaub in dieser Zeit."

Alle schauten Ria gespannt an, die Atmosphäre war zum Zerreißen, es ging um die Vertretung für Ria für diese Zeit. Ein richtiger Machtkampf. Die Nerven sprühten nur so.

Bis uns alle Sabine erleichterte mit ihrem Satz:
„Ria, ich übernehme für dich die Vertretung."

„Ich danke dir von ganzem Herzen" – brachte Ria mit Tränen in den Augen hervor.

Als Ria am 14.03.1998 wegen eines Todesfalls um Urlaub bitten wollte, durfte Rosemarie mit keinem ihrer „Untergebenen" mehr ein Wort wechseln.

Der Pantoffelaffe, wie Rosemarie den neuen Personalchef nannte, kam wie ein Gladiator vor die versammelte Mannschaft in München und verkündete, dass Rosemarie kein Mitglied unserer Firma mehr sei. Er bekam stehenden Beifall, der nicht enden wollte. Gerade noch rechtzeitig für Ria.
Lino bekam eine Abmahnung, die er sich hinter die Ohren

steckte. Er mischte sich nicht mehr ein, wem sollte er es auch erzählen.

Die Nachfolgerin von Rosemarie, die sie beim Anlernen erst auflaufen lassen wollte, offensichtlich wusste sie schon mehr als wir, oder sah ihr Ende kommen, war das ganze Gegenteil.
Eine wunderbare liebevolle Frau, nur zwei Jahre älter als Ria, sehr hübsch und vertrauenswürdig. Es ging ein Durchatmen durch die Reihen, man konnte wieder miteinander sprechen und fruchtbare Arbeit leisten.
Alle gingen wieder gerne zur Arbeit. Das Leben konnte sich wieder normalisieren und Ria sich erholen.

Heidi schickte Ria erst einmal in den Urlaub, um ihre Arbeitskraft wieder herzustellen. Sie konnte das am besten am Meer in Istrien. Sie liebte die grünen Hügel, die weißen Felsen und das glasklare blaue Wasser.

Die Autorin

Rosa Theresia Arenz, geboren 1944 in Oberbayern, verheiratet, ein Kind.
Durch ihre Eltern ist sie so naturverbunden, dass sie jedes Kräutlein, jeden Baum und Strauch kennt und deren Wirkung nutzt. Sie versorgt sich selbst aus ihrem Garten mit Obst, Beeren, Gemüse und Kräutern. Vor allem Wildbeeren wie Kornelkirsche, Schlehe, Holunder und die Hagebutte haben ihr es angetan. Ihr macht die Selbstherstellung der Säfte, Gelees und Marmeladen viel Freude.

Sie ist auf die Welt gekommen, um zu lernen, dass nur die Liebe zählt.